KB074618

나의 못 말리는 하우스메이트

나의 못 말리는 하우스메이트

1판 1쇄 펴낸날 2023년 9월 15일
1판 3쇄 펴낸날 2024년 10월 11일

글 김소담
그림 이파람

책임편집 김성은, 박예슬
디자인 구민재page9
마케팅 강유은, 박유진
제작·관리 정수진
인쇄·제본 (주)성신미디어
펴낸이 정종호
펴낸곳 (주)청어람미디어
등록 1998년 12월 8일 제22-1469호
주소 04045 서울시 마포구 양화로 56, 1122호
전화 02-3143-4006~8
팩스 02-3143-4003
이메일 chungaram_media@naver.com
인스타그램 @chungaram_media

ISBN 979-11-5871-224-2 03810

도시에서
대형견과
산다는 건

나의 못 말리는 하우스메이트

김소담 글 **이파람** 그림

나무의말

작가의 말

나는 무슨 말로 너에 대해 말할 수 있을까?

집 앞에 새로 생긴 작은 짜이집 구석에 앉아 이 글을 쓴다. 내 옆에는 이 책의 주인공, 천둥이가 있다. 앉은키가 의자보다 약간 더 큰 천둥이는 내가 노트북을 열고 작업을 시작하면 어느새 다가와 허벅지에 턱을 괸다. '누나, 뭐 해.' 온몸으로 말하고, 온몸으로 한없는 애정을 나누어주는 나의 개. 잠시 그 작고 보드라운 머리에 손을 얹고 생각한다.

'나는 무슨 말로 너에 대해 말할 수 있을까?'

2019년, 최소 2년을 전 세계를 돌아다니며 더 넓어지는 삶을 살리라 마음먹고 남아메리카로 떠났지만 펜데믹으로

5개월 만에 돌아올 수밖에 없었다. 그리고 난 〈인문교양 월간 유레카〉라는 잡지사에서 기자로 일을 시작했다. 인문, 교양, 시사를 아우르는 글을 써내는 건 어렵지만 재미있는 일이었다. 그렇게 바쁘게 일상을 이어 나가면서, 글을 쓰는 기자인 동시에 나의 주요한 정체성은 '천둥이 누나'였다. 천둥이는 아버지가 강원도 산속에 살 줄 알고 데려온 개였다. 아버지가 예기치 못하게 그 생활을 정리하게 되면서, 산이라는 미지의 세계에서 인간을 지켜주며 살 줄 알았던 용맹한 강아지는 서울로 와 대도시 물을 먹고 무럭무럭 성장했다.

도시에서는 상황이 반대였다. 천둥이가 나를 지키는 게 아니라 내가 천둥이를 지켜야 했다. 그건 신선한 먹이와 물을 주고, 정기적으로 산책시키고, 달마다 각종 약을 챙겨 먹이는 것만을 의미하지 않았다. 한국 기준으로 '대형견'이라는 범주에 아슬아슬하게 들어가는 천둥이의 덩치는 각종 오해와 편견에 직면해야 했고, 천둥이를 기르며 나는 처음으로 '소수자성'을 경험했다. 어떤 사람에게는 이미 너무나 일상인 그 견고한 차별의 벽을 태어나 처음으로 느낀 것이다. 그만큼 서울에서 우리 둘의 작은 자리를 확보하는 것은 어떤 순간에는 일종의 투쟁에 가까웠다.

무엇보다 개라는 종족을 이해하고 가슴으로 받아들이는 건 내가 살아가는 공동체를 바라보는 새로운 관점이 트이는 과정이었다. 서울이라는 이 대도시의 구성원은 (흔히 그런 것처럼 보이지만) 인간 동물만이 아니었으며 인간만큼이나 비인간 동물 또한 각각의 개성과 의지로 살아가고 있다는 것을 나는 천둥이를 기르며 알았다. 몸무게로 보면 어린이 한 명에 맞먹는 존재감으로 천둥이는 끊임없이 말한다. '내가, 지금 여기, 살아가고 있다'고.

글을 쓰면서 비육견인이었을 때가 자주 생각났다. 이 세계로 건너오기 전의 나를. 세상이 '장애인과 정상인'이 아닌 '장애인과 비장애인'(지금은 장애를 갖고 있지 않지만 언제든 장애를 가질 수도 있는 사람)으로 나뉘듯, 지금 나의 세상에는 '육견인과 비육견인'이 존재한다. 내 경험에 따르면 육견인은 '기회'를 먼저 가져본 사람이다. 종(種)을 넘은 이해와 사랑의 기회를.

2년간 대형견 천둥이와 서울이라는 이 거대한 도시공동체에서 함께 산, 지극히 개인적인 기록을 잘 갈무리하여 책이라는 아름다운 형태로 만들어 준 나무의말 출판사와 구민재 디자이너, 무엇보다 존재의 아름다움을 함께 들여다보고 발견해 따뜻한 그림으로 표현해 준 파람 작가에게 깊은 고마움을 전한다. 작가의 손끝에선 언제나 내가 보는 것보다도 훨씬 더 다정한 천둥이와 따스한 세상이 피어났다. 아울러 천둥이만큼이나 나를 커다란 사랑의 길로 안내하는 코코오빠와 코코에게도 이 자리를 빌어 고마움을 전한다.

두 발보다 여섯 발로 걸을 때,
세상은 훨씬 더 아름다웠다.
앞으로도 여섯 발은 언제나 함께 걸을 것이다.
타박타박.

2023년 8월의 무더위를 붙잡고
모모 김소담

차례

배우다

이해하다

에필로그

이렇게 클 줄
저도 몰랐어요.

1

강아지 왔음

"동물 키우시나요?" (끄덕끄덕)

"고양이인가요? 아니면 개?" (개요….)

요즘 초면인 사이에 흔히 하는 아이스 브레이킹 질문. 반려동물을 키우는 사람이 워낙 많으니 막 던져도 답이 얻어걸린다. 그러나 저런 상투적인 질문에서 그치면 절대 안 된다고 이 글을 읽는 모든 이에게 고하는 바이다. 소맷자락이라도 붙들고 간곡히 부탁하고 싶다. 기르는 개가 '큰 개'인지 꼭 덧붙여 물어봐달라고.

이렇게 클 줄 저도 몰랐어요

내가 그 '큰 개'를 기른다. 진도리버(진돗개+리트리버) 엄마, 풍산개 아빠의 피를 물려받아 체중이 26킬로그램에 육박하는 나의 개 '천둥이'는 몸무게 기준으로 대형견(25킬로그램 이상)에 속한다. 등 부분의 털은 검은색에 가깝고 아래쪽으로 갈수록 고동빛과 연한 갈색으로 흐려져, 배 부분은 눈처럼 새하얀 멋쟁이다. 아무래도 신이 천둥이를 만들 때 네 다리를 모아 거꾸로 잡고 몸의 절반만 먹물에 조심스레 담갔다 뺀 게 아닐까 싶다. 마치 그리스 신화 속 바다의 요정 테티스가 어린 아들 아킬레우스의 다리를 붙잡고 거꾸로 스틱스 강에 담가 무적으로 만들었던 것처럼.

고백하자면 이 개가 이렇게 클 줄은 나도 몰랐다. 원래부터 개를 길러본 사람이 아니라면 갓 태어난 강아지의 견종을 들었을 때 얼마나 클지 가늠을 잘 못하는데, 바로 내가 그랬다. 풍산개와 리트리버의 피가 섞인 진돗개가 어느 정도까지 자랄 수 있는지, 키 160센티미터 정도인 인간과 나란히 서면 어떤 그림일지, 고작 산책줄 하나로 이어진 상태에서 개가 고양이를 쫓아 로켓처럼 튀어 나가면 여자 인간이 얼마나 힘을 줘서 버텨야 하는지… 전혀 아는 바가 없었다. 당연하다. 난 개를 기를 생각이 없었으니까.

개가 필요하다, 그것도 큰 개가…!

천둥이는 내 첫 개다. 보통 큰 개는 한 번이라도 개를 길러본 사람이 키우는 경우가 많은데, 한 번도 개를 기른 적 없는 나에게 천둥이가 온 건 순전히 밀푀유 파이처럼 겹겹이 쌓인 우연과 인연의 결과였다.

도시, 그것도 전 세계에서 손꼽히는 메가시티인 서울에서만 30년 넘게 살아온 난, 평소 개라는 생물에게 근거 없는 호의와 애정을 표해왔으나 그뿐이었다. 도시에 살면서 개를 기를 생각은 전혀 없었다. '비인간 동물'에 대해서는 시골 어르신 정도로 지극히 보수적인 입장이었던 부모님의 영향도 있었지만, 개 자신을 위해서라도 자고로 개는 흙을 밟고 살아야 한다고 생각했다. 엄청나게 바쁘고 시끄럽고 복잡한 아스팔트 도시에 적응하며 살아가는 건 인간에게 주어진 과제이지 개에게 주어진 건 아니라고.

천둥이를 만난 건 2년 전 아버지가 시골에서 살아보겠다는 가능성을 타진할 때였다. 어쩌다 당신 손으로 강원도 산골짜기에 컨테이너 하우스를 지은 아버지는 자신의 결과물에 큰 애착을 보였다. 그런데 오랜 서울 생활을 청산하고 새로운 지역에서 잘 살 수 있을까? 이웃이라고 해봐야 고작 두어 집, 신문도 오지 않고 가로등도 놓이지 않은 곳에서. 칠흑 같은 어둠이 내려앉은 시골에선 마음의 평안은 누릴 수 있었지만, 어느 날 밤 5미터도 채 떨어지지 않은 어둠 속에서 덩치 큰 짐승이(무엇이었는지 아직도 모른다.) 크르르, 하는 소리를 듣자마자 아버지와 난 동시에 깨달았다. '개가 필요하다. 그것도 큰 개가…!'

마당에 온 천사

외로움을 견디기 위해서나 보안을 위해서나 명분은 더할 나위 없이 뚜렷했지만, 정말로 개를 들이는 데는 거북이 한 마리나 다육이 화분 하나 사 오는 것과는 명백히 다른 종류의 결심이 필요했다. 크르르 소리를 듣고 혼비백산한 날로부터 거의 일 년이 지난 어느 주말 아침, 가족 메신저 방에 다섯 글자가 떴다.

— 강아지 왔음.

그게 바로 천둥이였다. 태어난 지 한 달 반 된 꼬물이. 조그만 종이 박스에 담긴 천둥이를 자동차 보조석에 태우고 집에 오던 길, 아버지는 천둥이가 혹여 멀미라도 할까 봐 산골짜기 흙길을 시속 10킬로미터로 달렸다고 한다. 그렇게 우리 집에 온 천둥인 아버지의 다정한 보살핌을 받으며 건강한 마당 개로 무럭무럭 자랐다. 자기 덩치의 두 배나 되는 나무둥치를 물어뜯으며 이갈이를 하고, 낮이면 바람에 팔랑이는 나뭇잎부터 굴러가는 돌멩이까지 신나게 쫓아다니다가 밤이면 아버지의 슬리퍼를 베개 삼아 곯아떨어지며. 자라는 속도가 얼마나 빠른지 마치 풍선에 실시간으로 숨을 불어넣는 것 같았다. 일 년여가 지나 어엿한 성견이 된 천둥이 덕분에 여기저기 틈과 구멍이 숭숭 난 컨테이너 하우스임에도 우리 집엔 쥐도, 들고양이도 얼씬도 하지 않았다. 집 앞 텃밭은 고라니와 토끼로부터 무사했고, 어둠 속의 야수(?)도 다시는 볼 일이 없었다.

도시에서 지내던 어머니와 난 월화수목금 천둥앓이를 하다가 주말이면 동서울 버스터미널에서 첫차를 잡아타고 달려가 천둥이에게 한없는 애정을 퍼부었다. 어머니의 사랑은 삶은 달걀과 국물 내고 남은 멸치로, 나의 사랑은 배를 드러내고 누운 그의 다리를 달달 떨게 하는 시원한 손가락 기교와 무한 산책으로 표현되었다.

그렇게 천둥인 차츰 우리 가족의 일원이 되었다. 마당에서 항상 안을 궁금해하는 이 사랑스러운 천사를 위해, 인간은 바깥에 테이블을 펼치고 식사하는 일이 잦아진 나날들이었다.

2

당당히
집 안에 입성하다

천둥이가 아버지를 따라 시골 생활을 청산하고 서울에 온 건 따스한 봄기운이 가득했던 2020년 5월 중순이었다. 아는 사람 하나 없는 지방에서 50대 후반의 남자가 인생 2막을 펼치는 건 현실적으로 쉽지 않았던 것이다. 천둥이는 아버지의 트럭 짐칸에 실려 서울 집에 도착했다. 짐칸이라고는 하지만 푹신한 담요와 미끄럼 방지용 매트가 깔린, 아버지표 이동식 개집에서 안전벨트(그물)까지 하고 튼튼한 이빨이 다 보이게 하품하는 천둥인 꽤 편안해 보였다. 트럭에서 훌쩍 뛰어내려 너무도 당당히 필로티 주차장에 한 발을 내디디는 그의 모습은 뭐랄까, 영토를 넓히는 〈라이온킹〉의 심바 같았달까.

베란다에 지어진 5성급 개 호텔

그러나 말했듯이, 비인간 동물에 대해 시골 어르신만큼이나 보수적인 입장을 견지하는 우리 부모님 생각이 하루아침에 바뀔 리는 만무했다. 리트리버와 진돗개의 피를 받아 1년 365일 털이 풀풀 빠지고, 무엇보다 밖을 자유로이 쏘다니는 네발을 집 안에 들일 수는 없다는 게 부모님 생각이었다. 처음 엘리베이터에서 내려 천둥이가 곧장 향해야 했던 곳은 다름 아닌 우리 집 베란다였다. 자고로 '개는 (무조건) 밖에서!'

그렇다고 우리 부모님을 베란다에 강아지를 처넣고 문을 꽝 닫아버리는 냉혈 인간으로 생각하진 않길 바란다. 복도형으로 길쭉하게 생긴 우리 집은 외부 베란다도 그에 따라 길쭉한 형태다. 지나가는 사람과 날아가는 새를 구경할 수 있는 것은 물론이요, 천둥이가 뛰고자 마음만 먹으면 약 7~8미터를 뛸 수도 있는 곳이다. 목수였던 아버지는 천둥이를 위해 온갖 장비를 끙끙거리며 들고 와 직접 철근을 잘라내고 목재를 걷어내 공간을 더 넓혀주었고, 비라도 들이칠까

두툼한 비닐을 두르고 햇빛이 덥지는 않을까 늘 매의 눈으로 살폈다. 아니, 심지어 향긋한 향이 나는 목재로 집까지 새로 지어주었는데 사방에 여닫이 창문과 모기장까지 달린, 그야말로 5성급 개 호텔이었다. 어머니는 어머니대로 수시로 베란다 샷시를 열고 천둥이를 살피고, 어떤 때는 아예 의자까지 놓고 앉아서 천둥이를 쓰다듬느라 불에 올려둔 냄비 밑바닥이 까맣게 타들어 가는 것도 모를 정도였다.

그리하여 천둥이는 베란다에서 잘 지내고 있습니다…라면 '에브리바디 해피'겠지만 웬걸, 베란다 생활은 일주일을 넘기지 못했다. 사랑하는 이들을 따라 집 안으로 들어올 수 없는 걸 이해하지 못하겠다는 표정을 짓던 천둥이에게 '바람'이 찾아온 것이다. 휘이잉! 휘이이잉! 바람이 조금 세차게 부는구나 싶던 날, 천둥이는 '멍…' 하는 작은 속삭임으로 항의를 시작하더니 곧 '멍! 멍멍, 멍멍멍!' 하고 우릴 불러대기 시작했다. '무서워요! 들여보내 줘요!' 덜그럭거림, 특히 펄럭임을 매우 무서워하는 것으로 밝혀진 이 생명체를 계속 베란다에 둘 수는 없었다.

관계의 싹을 틔운 복도 생활

다음으로 그가 머문 곳은 복도 계단이었다. 나는 7층 건물 중 5층의 한 집에 살았는데(7층은 옥상이다.), 5층에서 6층으로 올라가는 계단에 천둥이 자리를 깔아줬다. 다세대주택 복도에 큰 개를 둔다는, 누가 들으면 경악할 만한 발상은 우리 주택이 '공동체 주택'이기에 가능했다. 나는 서울의 한 공동체 마을에 사는데, 그중에서도 우리 주택은 더불어 살자는 가치 아래 열한 가구가 함께 지어 올린 건물이다. 처음 지을 때부터 함께하며 쌓인 시간이 있다 보니 이웃 모두와 관계가 꽤 형성되어 있었다. 속 깊은 이야기를 나누며 평생 함께하고 싶은 이웃도 여기서 만났고, 이웃 아이들도 크는 걸 쭉 봐와서 친숙한 편이었다. 복도에 천둥이를 둘 수 있었던 건, 우선 그가 복도를 편안해하는 것 같기도 했고 이웃 아이들에게는 꼭 우리가 보는 앞에서만 만지라고 하는 등 충분히 양해를 구했기 때문이었다.

천둥이가 복도에 사는 동안 예상치 못한 기쁨도 있었다. 내 동생과 나이가 같아 친하게 지내고 싶었던 윗집 청년 S가 있었는데, 원체 내성적이고 말이 없는 그에게 다가가기가 어려워 거의 포기한 상태였다. 그런데 어느 날, 현관 문틈으로 빼꼼히 내다보니 집돌이 S가 계단참에 앉아 가만가만 천둥이를 쓰다듬고 있는 게 아닌가. 천둥이는 그의 무릎에 머리를 기대고, 그런 천둥이를 고개를 숙인 채 느린 손길로 어루만져 주는 S의 모습이 그렇게 평화롭고 행복해 보일 수가 없었다.

"S, 개 좋아해요?"

"네, 어렸을 때 길렀어요. 정말 예뻐했어요. 이런 기분 오랜만이에요."

그렇게 이런저런 이야기를 나눈 게 처음이었다. 영국에서 유학했던 이야기, 어릴 때 키운 강아지가 귀를 만져주면 그렇게 좋아했다는 이야기…. 기뻤다. 고작 몇 계단만 올라가면 만날 수 있는 사이인데도 이사 온 후 기회 한번 없이 평행하게 흐르던 그와 나의 시간을 이어준 건 천둥이였다. S와의 시간은 원래 이 주택을 지으며 내가 구현하고 싶었던 이상이기도 했다. 복도 계단을 차가운 콘크리트가 아닌 나무로 깔아서 여름이면 커피 한 잔 들고 책도 읽고, 맨발로 걸어 내려가는 또 다른 이웃과 두런두런 이야기를 나누는…. 화재의 위험이 제기되어 아이디어는 물 건너갔지만 여전히 아쉬워하던 차에, 천둥이가 복도에서 지내는 동안 그런 멋진 시간이 몇 번이나 있었다.

하지만 그리하여 천둥이는 복도에서 잘 지내고 있습니다…라는 결말도 아니니 조금 기다려주시길. 개에 대한 이해가 조금 더 깊어진 지금은, 그 어떤 조치를 취한다 하더라도 복도에 그렇게 혼자 두지 말아야 한다는 걸 안다. 더군다나 사방이 콘크리트 벽으로 둘러싸인 복도 계단에서, 산책을 아무리 부지런히 시킨다고 해도 천둥인 답답했을 것이다.

결국 천둥이는 집 안으로 입성했다. 물론, 현관 문턱을 조심스레 넘은 털복숭이 발에게 곧바로 집 안 구석구석을 자유롭게 활보하라는 허락이 떨어진 건 아니다. '무궁화꽃이 피었습니다' 놀이를 하듯, 천둥인 현관 한 켠에 마련해준 공간에서 시작해 조금씩 자신의 영역을 넓혔다. 축축한 코가 집 안 모든 구석에 닿기까지 거의 반년이 걸렸다. 아직도 갈 수 없는 곳도 있다. 기다란 집의 제일 끝에 있는 아버지 방 근처엔 얼씬도 하지 말라는 엄명이 떨어졌던 것이다. 아버지 말이라면 무조건 복종하는 천둥인 지금도 아버지 방에 절대로 들어가지 않고, 깔끔하고 정돈된 환경을 너무나 좋아하는 아버지는 지금도 하루에 다섯 번 이상 청소기를 돌린다. 하지만 우리 모두는 이 털뭉치와 한 공간에서 살아야 한단 사실을 기쁘게 받아들였고, 천둥이는 생활 공간을 공유하는 진정한 '반려견'이 되어 우리 가족의 삶에 스며들었다. 사실 모두의 삶은 그렇게 스며드는 과정이 아닐까 싶다. 누군가에게로 또 어딘가로.

3

그놈의 응가가 뭐간디

천둥이를 기르겠다고 데려왔을 때만 해도 우리 가족은 개, 특히 대형견에 대해 완전히 무지한 상태였다. 몰라도 얼마나 몰랐는지, 옛날엔 다 그랬다며 잔반 먹이며 기르면 된다는 아버지의 자신만만한 큰소리에 어머니, 나, 남동생 모두 갸우뚱하면서도 고개를 끄덕였다.

산책에 대해서도 딱 그 정도 수준이었다. 뭐, 안 시킬 생각은 아니었다. 적당한 산책은 인간에게도 필요한 것이니 우리 산책할 때 가끔 데리고 나가면 되겠지 뭐, 라고 생각했다. 흐흐… 지금 와서 그 순진했던 때를 생각하니 입꼬리가 비틀리며 미소가 흐른다.

산책의 무게

우리 가족이 산책의 무게를 깨달은 건 천둥이가 5개월 정도 되었을 때, 그러니까 아직 아버지와 그가 단둘이 강원도 산골에서 살 때였다. 당시 천둥인 목줄에 얌전히 매여 현관 앞 마당에 살았는데, 산책은 하루 두 번 정도 나갔다. 아버지가 출근하기 전인 오전 6시 반에서 7시에 아침 산책을 다녀오고, 종일 집을 보다가 오후 6시경 퇴근한 아버지를 따라 또 저녁 산책을 나가는 식이었다.

아버지의 출퇴근은 매우 일정한 편이어서, 천둥이는 곧 패턴을 익히고 자기의 배변 습관을 그에 맞춰 만들어 나갔다. 아주 어렸을 때 자기도 모르게 실례한 것을 빼고는 집에서 멀리 데리고 나가야지만 대변과 소변을 보는, 즉 실외 배변견이 된 것이다. 용변 보는 공간을 자연스럽게 가리는 이 작고 어린 존재의 영민함에 우리 가족은 모두 감탄했다. 개도 원래 깔끔한 환경을 좋아하는 동물이라 자신과 보호자가 사는 공간은 깨끗하고 쾌적하기를 바란다는 것, 그래서 실외에 배변하는 게 본래 습성에 따르는 행동이라는 걸 나도 그즈음 인터넷을 찾아보고 알았다.

문제는 그렇게 지낸 지 2개월 정도 지났을 무렵이었다.

천둥이 눈에 자꾸만 노란 눈곱이 끼길래 눈병인 줄 알고 동물병원을 찾았다. 원장님은 천둥이 눈을 이리저리 살펴보더니 말했다.

"점심 때 산책을 시켜주시나요?"

"아니요, 제가 일하러 가기 때문에 점심 땐 시킬 수가 없어요…."

"제 생각에 눈곱의 원인은, 천둥이가 점심 때 소변을 누지 못한다는 걸 알고 일부러 물을 덜 먹기 때문에 노폐물이 씻겨지지 않아서인 것 같습니다."

원장님의 말투는 담담했지만 듣는 아버지와 나는 미안함에 마음이 무너지는 것 같았다. 처음 몇 번은 참았으리라. 그러다가 상황을 깨달은 천둥인 그냥 스스로 물을 덜 먹는 편을 택한 것이다. 주어진 조건에 말없이 맞추어가는, 개의 방식이란 그런 것이었다. 그날 이후 우리 가족은 깨달았다. 실외 배변하는 개에게 산책이란, 마치 숨쉬기처럼 생존을 위한 필수 요건이라는 사실을.

황금보다 소중한 응가

천둥이가 산골을 떠나 서울로 오면서 산책은 내 몫이 되었다. 아버지는 바빴고 환갑이 넘은 어머니는 혈기왕성한(사람으로 치면 대학생 정도의 나이이다.) 천둥이를 감당하기 버거워했기 때문에, 젊은 내가 적임자였다.

일단 출근 전에 내가 30분 정도 산책시키며 아침 배변을 해결해주고 점심 때는 집에 계신 어머니께 부탁드려 소변만 간단히 해결했다. 퇴근하고 나면 또 내 차례였다. 무척 피곤할 때도 있었지만 저녁 산책을 나가지 않을 도리가 없었다. 천둥인 종일 가수면 상태에 빠져 있다가 퇴근한 나를 보자마자 총알처럼 일어나 윙윙 바람 소리가 날 정도로 꼬리를 흔들어댄다. 줄을 잡고 가는 인간인지 아니면 줄에 매여 가는 오징어인지 모를 정도로 피곤해서 비틀거릴지언정 나는 매일 저녁 2시간 이상 천둥이와 온 동네를 쏘다녔다. 천둥인 깔끔한 성격 탓인지 몰라도 변 볼 자리를 상당히 가린다. 그러니 산책 시간도 덩달아 길어진다.

어느 날, 퇴근 후 피곤한 몸을 이끌고 동네 산책을 돈 지 1시간째. 엉거주춤하게 벌어진 뒤태로 보아 볼일을 보고 싶은 게 분명한데도 킁킁, 여긴 아니야, 킁킁, 여기도 아니네 하며 까다롭게 이곳저곳 끌고 다니니 입에서 기도가 절로 나왔다. 도대체 맨날 싸던 자리인데 오늘은 왜 별로라는 건지. "천둥님, 제발 싸세요. 이 정도면 괜찮은 자리잖아요, 네?" 그가 마침내 어스름한 가로등 불빛 아래 꼬리를 부르르 떨면서 우아하게 쪼그리고 앉자, 내 입에서는 진심이 가득 담긴 탄성이 터져 나왔다.

"만세!"

이런 식이다. 아, 날씨가 안 좋으면 패스해도 되는 거 아니냐고? 시간을 줄일지언정 아예 나가지 않을 순 없다. 폭풍이 치나 미세먼지 수치가 300을 찍으나, 천둥이와 난 길을 나섰다.

코로나19 사태 때 가장 걱정되던 부분도 천둥이 산책이었다. 코로나에 걸리는 것도 싫고 무섭지만, 온 가족이 자가격리 당해서 천둥이를 산책시키지 못하는 상황이 되는 건 더 끔찍했다. 그럼 실내에서 배변하게 하면 되지 않느냐고 묻는 사람들이 있는데, 실외 배변 습관이 완벽히 잡힌 개를 실내 배변하게 하는 건 정말, 정말 어려운 일이다. 개들은 갑자기 생활 공간에 볼일을 봐야 하는 상황을 이해하지 못하고 더 이상 참지 못할 때까지 배변을 꾹 참는데, 이걸 지켜보는 게 얼마나 괴로우면 두손 두발 다 든 보호자들이 그냥 데리고 나가는 게 대부분이라고 한다.

요즘 들어 예고 없는 비가 잦다. 오늘도 비가 온다. 퇴근하면 옷 입기 싫어하는 천둥이한테 우비를 입히고 또 나가봐야지. 줄을 끌면서 우산까지 드는 게 힘들어 우산은 포기한 지 오래다. 인간이 입을 우비나 인터넷으로 주문해봐야겠다. 에휴, 그놈의 응가가 뭐간디….

4

‘강아지 산책 도와드립니다’

앞에서도 얘기했지만, 천둥이에게 산책은 화장실에 갈 유일한 기회다. 세상에 응가 안 싸고 살 수 있는 생물 없듯 산책은 천둥이 견생에 있어 매일의 중요한 의식과도 같다. 여기까진 모두가 수긍할 거라 믿는다. 그런데 내 친구들은 여전히 불만을 토로한다. 그럼 배변만 규칙적으로 잘 시키고 들어오면 되지, 도대체 왜 전화만 하면 '산책 중'이냐고! 도대체 천둥인 하루에 산책을 몇 시간이나 하는 걸까?

어… 농담을 조금 보태서 나의 하루는 24시간이 아니라 22시간, 혹은 그 이하라고 하면 이해가 쉽겠다. 적어도 두 시간 산책은 디폴트니까 말이다.

개 보호자들만 사는 세상

드넓은 잔디밭에 풀어놓으면 마치 경마장 경주마처럼 바람을 가르며 내달리는 게 1~3세의 대형견이다. 사람 나이로 12~26살. 그야말로 한창때니 왜 안 그렇겠는가. 물론 소형견에게도 산책과 운동은 중요하다. 하지만 대형견과 비할 바는 아니다. 집 안에서 종종걸음으로 왔다 갔다 하는 것만으로도 운동을 대신할 수 있는 소형견이 있을 수 있는 반면, 대형견은 '매일' '무조건' 나가야 한다. 어린아이를 키우는 사람이라면 이해가 좀 빠를 수 있겠다. 만약 활화산처럼 끓어 넘치는 에너지를 소진시켜 주지 않으면? 집 안 모든 것을 물어뜯고 찢어버리는 '문제견' 등장이오!

그래서 개 보호자들은 남들과 조금 다른 세상을 산다. 집에서 40분 정도 걸어가면 축구장 2개 넓이의 너른 잔디밭이 나온다. 가로등이 있긴 하지만 워낙 넓은 잔디밭 중앙은 몹시 어두워 100미터 앞을 분간하기도 어렵다. 별일 없다면 다들 드라마를 보거나 이불 속에서 핸드폰을 만지작거릴 밤 9~10시, 그곳에 가면 새로운 세상이 펼쳐진다. 약속하지 않았지만 어둠을 틈타 하나둘씩 쌍쌍이 모이는데, 하나는 네 발로 걷고 다른 하나는 두 발로 걷는다.

"바다 언니, 오늘도 오셨군요!"

"네, 와야죠. 무조건!"

"맞아요… 저도 저녁 약속 못 잡은 지 한참 됐어요."

다들 '그럼 그럼 다 이해하지' 하는 표정으로 고개를 끄덕여준다. 코가 떨어져 나갈 듯이 추운 한겨울에도 보호자들은 모인다. 개들은 신이 나서 자기들끼리 뛰는데, 그만치 뛸 자신이 없는 인간들은 자기가 구할 수 있는 가장 두꺼운 패딩을 껴입고서 오돌오돌 떨며 수다를 떤다. 보호자들은 서울 다른 어디보다도 이 시간 이곳이 조금이라도 개를 운동시키기 좋다는 걸 안다. 그래서 심지어 서울의 완전 반대편에 살면서도 일부러 1시간이나 차를 몰고 여기까지 찾아오는 수고를 마다하지 않는다. 외국엔 개들만을 위한 오프리쉬(산책줄을 풀고 개들이 마음껏 뛸 수 있는) 공원이 따로 있고 관리도 잘 되지만, 우리나라는 몹시 부족하다. 장소 자체가 별로 없는 건 물론이거니와 이미 있는 곳도 좁거나, 관리가 잘 되지 않는다. (좁은 공간인데 찾아오는 개는 많다 보니 시간이 지날수록 지린내가 진동해서 안 가게 된다.) 개를 안 키우면 알 수도, 알 필요도 없는 세상이 여기 있다.

결국 퇴사하기에 이르다

어린 래브라도 리트리버를 입양한 지인은 결국 다니던 회사까지 그만두었다. 그동안 급하면 근처에 사는 지인을 총동원하다 못해 강아지 유치원 종일반에도 보내보고, 산책 도우미까지 고용해봤단다. 허허 그렇게까지… 싶은데 거기서 끝이 아니다. 좋은 도우미 찾는 게 쉽지도 않기 때문이다.

당근마켓에 '무료로 강아지 산책 도와드려요' 같은 글들이 종종 올라오는데, 대형견 보호자 입장에선 자기 강아지를 선뜻 다른 이에게 맡기긴 어렵다. 개라는 종족의 행동 패턴을 잘 이해해야 하는 건 기본이며(가령 26킬로그램 개가 고양이를 발견하고 죽을힘을 다해 쫓아가려고 할 때 적절히 제어할 수 있는지), 특히 '그 개'의 특성을 정확하게 파악하고 있어야 불의의 사고에 대비할 수 있다. 가령 천둥이는 길에서 갑자기 현수막이 바람에 펄럭이면 질겁하고 도망가는데, 이때 재빠르게 대처하지 않으면 도로로 뛰어들어 사고가 날 수 있다. 그뿐인가. 후각이 인간보다 1만 배나 발달한 개는 골목 구석이나 풀숲에 떨어진 닭뼈 하나도 놓치는 법이 없고, 주워먹는 버릇이 든 개는 눈 한번 깜빡이는 동안 꿀떡 삼키고 천연덕스럽게 입맛을 다신다. 닭뼈가 혹시라도 소화기관에 걸리거나 하면 곧바로 병원행인 건 물론이다.

아아, 누차 강조하건대 강아지 산책이란 절대 느긋하고 평화롭기만 한 게 아니다. 당근마켓에 글을 올리는 고마운 분들이 무엇보다 이 사실을 꼭 알면 좋겠다. 무엇보다 개들은 눈치가 어마어마하게 빠르고, 신뢰할 수 없는 사람을 절대 따라가지 않는다. 개라고 해서 아무한테나 턱 맡길 수 있는 게 아니란 말씀. 지인은 좋은 도우미를 찾기 위해 면접도 봤다고 한다. 마지막 도우미가 개에게 짜증내며 매우 거칠게 대했단 사실을 주변 이웃들이 증언해줘서 산책 도우미 서비스와 완전히 '안녕'하기 전까지. 좋은 돌봄을 구하려 필사적으로 알아보는 건 아기 엄마나 개 보호자나 똑같다.

그래서 결론적으로 하고 싶은 말이 뭐냐고? 별거 없다. 어떤 개 보호자가 한창 저녁 모임 와중에 산책해야 한다며 분위기 깨고 사라지더라도 부디 넓은 마음으로 이해해주자는 것. 그 자리가 흥미롭지 않아서가 절대 아니다. 애 키우며 사회생활 하기 힘들 듯, 개 키우며 사회생활 하기도 정말 쉽지 않다.

5

절실하게
친구가 필요해

사랑스럽고 소중한 그녀의 사진을 눈앞에 세워두고 이 글을 쓴다. 그녀를 만나기 전, 내 삶은 암흑 그 자체였다. 이제 그녀가 없는 내 삶은 생각할 수조차 없다. 그녀가 존재하기에 난 저녁이 있는 삶을 살 수 있고, 행복할 수 있다. 그녀가 누구냐고? 천둥이의 여자친구, 코코다.

개는 개끼리 놀아야 해

코코는 머리부터 발끝까지 까만, 건강미 넘치는 래브라도 리트리버(5세)다. 아무거나 주워 먹어서 혼이 날 때 빼고는 행복과 즐거움으로 가득한 견생을 사는 그녀는, 심지어 물 마실 때도 기쁘다며 꼬리를 메트로놈처럼 좌우로 까딱인다.

그녀를 만난 건 4월의 봄날 밤이었다. 어둑어둑한 주택가 골목에서 처음 마주쳤을 때, 코코는 천둥이를 살짝 경계하는 듯 보였다. 당연하지, 혈기왕성한 남자애가 온몸으로 기쁨을 표현하며 놀자고 달려드는데 부담스럽지 않을 턱이 있나. 천둥이 친구를 찾아 기쁜 건 나도 마찬가지였다. 마스크 속 입이 헤벌쭉 벌어지고 탄성이 터져 나왔다. 코코 보호자와 코코는 천둥이와 나의 적극성에 몹시 당황한 듯한 표정이었다.

그게 그렇게까지 좋아할 일이냐고? 맞다, 좋아할 일이다. 두 살 된 대형견은 인간이 아무리 데리고 나가줘도 만족할 줄을 모른다. 바쁜 네발을 따라 얼마간 걷고 뛰기를 반복한 인간은 파김치가 되기 일쑤였다. 밤마다 2시간 이상 집 뒷산을 돌며 달밤의 체조를 하는 나날이 계속되었다. 회사 말고 다른 이유로도 저녁이 있는 삶을 살지 못할 수 있단 걸 알아가며, 내가 자체적으로 내린 판단은 '개는 개끼리 놀아야 한다'는 것이었다. 인간과는 두세 시간 걸어야 할 것을 다른 개와 몸을 부대끼며 뛰어놀면 1시간 정도만으로도 꽤 만족스러워하기 때문. 으르렁거리고, 부딪히고, 전속력으로 쫓고 쫓기고, 엎어지고, 뒹굴고! 그 역동성은, 인간은 절대 충족시켜

줄 수 없는 어떤 것이었다. 싸우는 것처럼 보여도 걱정 마시길. 그들은 '개들의 방식으로' 더할 나위 없이 즐거운 시간을 보내는 중이니까.

베프 찾기가 하늘의 별 따기

그런 이유로 천둥이 친구를 찾아주려 온갖 노력을 하던 차에 코코를 만났다. 집에서 40분이나 걸어가야 하는 부담을 무릅쓰고 구립 강아지 놀이터에도 데려가 보고, 길 가다가 마주치는 대형견이 있으면 민망함은 개나 줘버리고 번호도 물어 보고….(그 자리에서 번호를 받아놓지 않으면 영영 다시 못 만나는 경우도 있다.)

그런데 이런 노력을 해본 보호자라면 다들 공감할 테지만, 생각보다 잘 맞는 친구 찾기가 쉽지 않다. 일단 체급이 맞아야 서로 부담이 없다. 개에게 있어 몸싸움에서 밀리는 건 본능적인 위험 신호라, 일방적으로 한쪽이 밀어붙이면 계속 만나서 같이 놀긴 힘들 수 있다. 그 다음이 더 중요한데, '노는 스타일'이 맞아야 한다. 꼬리를 살랑살랑 흔드는 게 놀자는 신호인 줄 알고 신나서 '쫓고 쫓기기' 놀이를 시작할라치면 벤치 아래로 쏙 숨어버려 김을 팍 새게 하는 유형(놀기 싫은 건가 싶어 돌아서면 다시 놀자고 꼬리를 살랑거려 더 열 오른다….), '나의 흰 털은 소중하니까'라며 절대로 바닥에 뒹굴고 싶어하지 않아 레슬링 자체가 어려운 유형(넘어뜨리려고 하면 으르렁댄다. 놀다가 그럴 수도 있지, 쩝.), 주의가 산만해 뭐든 금세 흥미를 잃어버리는 유형까지…. 사람만큼이나 개들의 성격도 각양각색이다. 아니, 개들의 조건만 있나. 무엇보다 보호자끼리 산책 시간과 동선이 비슷해야 한다. 개 친구 만들어주자고 매번 먼 길을 달려올 수는 없는 일이다. 이런 조건들이 다 맞는 '베프'를 찾는 건 뭐랄까, 소개팅 나가서 애인 만드는 것만큼이나 어렵다.

코코는 그 모든 조건을 충족시키는, '하늘이 내려주신 천사'였다. 쭈뼛거리는 코코 보호자와 코코를 최선의 미소와 친절로 설득해 마침 인적 드문 공터로 데려가니, 그야말로 신세계가 펼쳐졌다. 30미터 정도 거리를 두고 '시동 걸기' 자세로 납작 엎드린 천둥, 그리고 놀자는 천둥이의 신호를 읽은 코코. 줄을 풀어주자 둘은 마치 기마 부대가 내달리듯 서로를 향해 내달려서… 콰광! 마치 《삼국지》에서 조조와 유비 진영을 대표하는 무장, 하후돈과 조자룡이 일대 접전을 벌이듯 뒤엉켜 뒹굴기 시작했다. 오오, 잘한다! 잘한다! 더 신나게 놀아라, 더!

코코와 신나게 1시간가량 놀고 들어온 그날 저녁, 천둥이는 세상에서 가장 만족스러운 얼굴로 드르렁드르렁 코를 골며, 늦게 귀가한 아버지가 불러도 수염 한 가닥 까닥이지 않고 '딥슬립'했다. 덩달아 나도 오랜만에 읽고 싶었던 책 한 권을 뽑아 들고 조금 일찍 이불 속에 기어들어 갈 수 있었다.

그날 이후, 내가 코코 보호자에게 끈질기게 '구애의 카톡'을 보낸 게 그리 이상한 일은 아니란 걸 이제 다들 이해할 것이다. "코코오빠, 오늘도 놀 수 있을까요?" "코코오빠, 오늘은 몇 시에 나오세요?" "코코오빠, 코코오빠…" 필요를 앞에 둔 나의 '극 E형' 적극성에 처음엔 지극한 부담을 느끼던 코코오빠도 곧 천둥이가 에너지 넘치는 코코에게 딱 맞는 친구란 사실을 깨달았고, 그렇게 우린 3개월을 거의 매일 밤 10시에 만나 자정이 넘어서까지 동네를 쏘다녔다. 코코가 피부병에 걸려 2주간 자가격리하게 되었을 때, 천둥이와 나는 그 망할 놈의 바이러스를 지구상에서 쫓아내고 싶을 지경이었다.

아아… 지금도 코코를 만나게 해주신 신께 감사드린다. 저녁이 있는 삶을 가능하게 해준, 이 사랑스러운 존재를.

6

네가 스스로
샤워실에 들어갈 날이 올까

크게 심호흡을 한다. 마음의 준비가 필요하다. 그래, 드디어 오늘이야. 더 이상 미룰 수 없어. 암, 미룰 수 없지. 하지만 사실은 정말 미루고 싶어… 누구 대신해줄 사람은 없을까…. 온갖 생각을 하다가 킁킁, 냄새를 맡아보고 고개를 절레절레 저으며 드라이기, 대형 타월 두 장, 작은 타월 세 장을 꺼낸다. 오늘은 대망의 '멍빨 데이'다.

망할 '샤넬 No.5'

'멍빨'은 멍멍이 빨래의 줄임말. 그렇다, 오늘은 바로 천둥이를 목욕시키는 날이다. 마당에서 키우면 모르겠지만, 이제 당당히 우리 가족의 일원이 된 천둥이는 인간과 마찬가지로 집 안에서 산다. 껴안고 한 침대에서 같이 자는 건 아니지만, 거실 한가운데 늘 스핑크스처럼 근엄한 얼굴로 앉아 있는 천둥이를 지나지 않고서 집 안에서의 이동은 불가능하다. 때문에 천둥이의 몸에서 평소와 다른, 뭔가 고약한 냄새라도 나면 그 고충이 이만저만이 아닌데, 그런 일은 보통 밤 산책 때 천둥이가 풀숲에 뛰어 들어갔다가 행복한 얼굴로 불쑥 나타날 때 일어난다.

"너… 또… 묻혔지이!!!!!!"

천둥이가 기쁨에 못 이겨 몸에 묻히는 건 고양이 똥이다. 개 기르는 사람들은 대부분 안다. 고양이 똥 특유의 그 시큼하고도 톡 쏘는 향기를. 혹자는 개에게 고양이 똥이란 '샤넬 No.5'급 향수에 비견한다는, 결코 잊을 수 없는 비유를 남겼다. 그렇다. 천둥이도 고양이 똥만 보면 몹시 기뻐하며 몸을 비벼댄다. (지금은 하지 않는 행동이다.) 아아… 다른 개들에게 잘 보이고 싶어 샤넬 향수를 뿌린 그를 어찌 탓할 수 있으랴.

참자, 참아. 탓하지는 않을게. 그러나 미안하지만 그냥 둘 수는 없단다. 신이 나서 한껏 꼬리가 치켜 올라간 그의 자신만만한 눈빛을 외면하고, 샤워기 물의 온도를 맞춘다.

훈육, 안 되는 것도 있다

문제는 샤워실로 그를 데리고 들어가기까지다. 800일 가까이 견생을 살 동안 적어도 스무 번 이상은 샤워를 경험했을 테고, 이제는 익숙해질 법도 한데 그는 단 한 번도 자기 발로 샤워실로 걸어 들어간 적이 없다. 진돗개, 리트리버, 풍산개의 피가 섞였지만 그중 진돗개의 성향이 가장 강한 천둥이는 물을 몹시 싫어한다. 비오는 날엔 젖은 땅을 디디며 배변 산책을 할 바에야 차라리 물 마시는 걸 거부할 정도.

그런 천둥이를 샤워실에 데려가려고 온갖 방법을 다 써봤다. 가장 좋아하는 간식을 줄에 매달아 최면을 거는 것처럼 유인해보기도 하고, 《헨젤과 그레텔》처럼 바닥에 간식을 하나하나 놓아 보기도 하고, 어르고 달래고, 윽박도 질러보고… 하지만 이 영리한 개는 한번 낌새를 채면 그 좋아하는 간식에도 마치 엉덩이가 돌이 된 것처럼 자리에 주저앉아 버린다. 개통령 강형욱 씨는 나 같은 사람을 위해 이런 말을 남겼다.

“조급하게 생각하시면 안 돼요. 처음엔 보호자가 먼저 샤워실에 들어가서 개에게 보여줘야 해요. 젖어도 되는 반바지와 반팔을 입고 들어가세요. 물장난하는 모습을 보여주면서 '자, 봐라, 하나도 안 무섭지? 아이고, 시원하네! 아이고, 재밌네! 간식도 있고, 우와! 어때, 한번 들어와 보고 싶지 않니?' 하는 식으로 꼬드겨야 해요. 진돗개가 원체 물을 싫어하기도 하고요, 사회화가 잘 안 되는 종이라 평생을 가르쳐야 하는 게 진돗개예요."

그 말을 듣고 내가 어떻게 했을 거라고 생각하시는지? 맞다. 바로 포기했다. 평생을 가르쳐? 택도 없지. 난 그럴 만한 시간도, 참을성도 없는 내 자신을 인정하기로 했다. 그냥 허리 좀 아프고 말지…. 26킬로그램을 번쩍 들어 샤워실에 던져 넣었다.

고양이 똥처럼 특별한 '사건'이 없는 한, 한 달에 한 번씩 천둥이 샤워를 시킨다. 털에 윤기가 좌르르 흐른다는 건 평소에 들으면 참 기분 좋은 말이지만 샤워시킬 땐 그만큼 '자연 기름막'이 형성되어 아무리 샴푸질을 해도 거품이 안 난다는 말이기도 하다. 1차로 그 덩치를 샴푸질하고, 약간 헹군 후 2차로 샴푸질을 하고는 더 꼼꼼히 헹궈주고(샴푸기가 남아 있으면 피부병의 원인이 된다.), 사람도 감쌀 수 있는 커다란 타월을 두 개나 적셔가며 1차로 물기를 닦고, 2차로 작은 수건과 드라이기로 '뽀송한' 상태가 되기까지 말리려면… 헉헉… 1시간이 훌쩍 넘어간다. 물론 그게 끝일 리 없다. 부르르 털어대서 사방팔방에 튄 물과, 축축한 네발로 찍은 물발자국, 온 천지에 돌아다니는 털을 깔끔히 치우고, 수건에 박힌 털을 제거하고 빨아두기까지 하려면 갈 길이 구만리다.

하지만 천둥아, 누난 아무래도 괜찮단다. 무엇보다 네가 네발로 얌전히 샤워실에 들어가는 그날이 온다면야! (눈물)

7

비로소
보이는 것들에 대하여

강원도가 고향인 천둥이를 서울이란 곳에 데려와 처음으로 산책 나간 날의 기억이 마치 어제처럼 생생하다. 이 좁은 골목에 자동차가 이렇게 자주 지나다녔나, 오토바이가 저렇게 빨리 달렸나, 자전거는 왜 시공간이 열리듯 갑자기 튀어나오는 걸까…. 몇 발짝 뗄 때마다 깜짝깜짝 놀라며 불안하게 주위를 두리번거리는 천둥이를 보며, 이제 막 걷기 시작한 아이 손을 잡고 걸으면 이런 기분일까 싶었다.

세상을 만나는 발과 코끝엔 무엇이 있을까

고맙게도 더없이 훌륭하게 적응한 천둥인 이제 도시견이

다 되었다. 하지만 개를 기르면서부터 비로소 보이는 것들이 있다. 그중 하나가 눈이 펑펑 온 날 길에 뿌려진 염화칼슘이다. 소복소복 쌓인 눈과 그걸 보며 기뻐하는 강아지. 설레는 조합이긴 하지만, 눈이 많이 오면 올수록 의외로 반려인의 얼굴은 조금씩 어두워진다. 염화칼슘은 차도는 물론이고, 인도에도 참으로 꼼꼼하게도 뿌려져 있다. 갯벌의 조개 숨구멍마냥 눈에 구멍이 뽕뽕 나 있으면 십중팔구 염화칼슘이다. 맨발로 땅과 만나는 개들에겐 눈에 닿아 발열반응을 일으키는 염화칼슘이 '뜨거운 굵은 소금' 같은 느낌일 것이다. 작은 개들은 발바닥 화상을 입을 수도 있다고 들었다. 발바닥이 두꺼운 천둥인 그 정도까진 아니지만, 염화칼슘이 많이 뿌려진 곳을 잘못 밟으면 갑자기 비틀거리고는 한 발을 높이 치켜들고선 깽깽이걸음으로 걷는다. 얼른 묻은 것을 털어주면 조금 절뚝이다가 다시 걷기 시작한다.

염화칼슘 때문에 강아지에게 신발을 신긴단 이야길 듣고 나도 당근마켓에서 대형견 신발을 구입해 봤다. 하지만 신발만 신기면 천둥이가 삐거덕거리며 고장 난 기계처럼 걷길래 얼마 가지 못해 그냥 가급적 피해 다니는 쪽을 택했다. 염화칼슘이 너무 많이 뿌려져 지뢰밭을 방불케하는 곳을 만나면 차도로 내려와 걷는다. 이어폰은 고사하고 아무리 칼바람이 불어도 패딩에 달린 모자를 깊숙이 덮어쓰지 않는다. 혹시라도 뒤에서 달려올 차 소리를 들어야 하기 때문이다. 염화칼슘이 집중적으로 뿌려져 있는데 피할 곳마저 없다면 천둥이 겨드랑이에 팔을 끼우고 번쩍 들고 건넌다. 허리와 어깨에 꽤나 무리가 가지만, 어쩔 수 없다. 버려지는 불가사리로 제설제를 만들 수 있다는데, 우리 동네에선 언제쯤 땅과 식물에도 안 좋은 염화칼슘 말고 불가사리 제설제를 보게 될까.

천둥일 기르면서 버려진 '닭뼈'도 눈에 들어온다. 세상에, 길에 버려진 닭뼈가 이렇게나 많다니. 음식물쓰레기 봉투에서 비어져 나온 게 아니다. 골목길은 물론이고 앉아서 뭘 먹을 만한 곳도 없어 보이는 뒷산의 고즈넉한 산책로에서도, 드넓은 공터에서도 어김없이 닭뼈가 발견된다. 굳이 들고 와서 버리진 않았을 테니, 거기서 먹고 버렸단 뜻이다. 이를 발견하는 건 물론, 코로 세상을 만나는 개다. 그리고 버려진 닭뼈는 그냥 '쯧쯧…' 하고 넘겨버릴 수 있는 문제가 아니다. 천둥인 닭뼈를 본다 해서 곧바로 입에 넣고 삼키진 않지만,

식탐이 많은 어떤 개에겐 버려진 닭뼈가 응급실로 직행해야 하는 치명상의 원인일 수 있기 때문이다. 버려진 닭뼈는 보통 치킨을 먹고 난 뼈일 확률이 높은데, 굽거나 튀긴 닭뼈는 생닭의 그것보다 훨씬 더 날카롭게 부러져서 개의 위에 구멍을 뚫어버릴 수 있다.

바퀴 발로 세상을 만날 땐 무엇이 보일까

맨발로 세상을 만나는 개를 사랑하게 되면서, '바퀴 발'로 세상을 만나는 이들의 이야기가 허투루 들리지 않았다. 우리 구 구청이 서울시로부터 수십억의 예산을 '따와서' 동네 뒷산에 주민들 다수가 원한 적도 없는 나무 데크길을 지어주겠다 했을 때, 이를 이용할 것이라 구청이 장담했던 유모차·휠체어 이용자들은 되려 '일상에서나 잘하라'고 따끔하게 꾸짖었다. 평소 어린이집에 등원할 때 이용하는 집 앞의 도로가 유모차를 밀고 가면 얼마나 울퉁불퉁하게 느껴지는지, 움푹 파인 부분에 유모차 바퀴가 걸려 나아가질 않는데 다른 한 손으로는 첫째 아이 손을 잡고 있을 때 얼마나 난감한지, 도로에 턱이 얼마나 많은지, 휠체어를 타고 단 1킬로미터만 이동해봐도 알 거다 등등. 그들의 이야긴 자기 발로 걷는 건강한 개와 성인 인간은 또 알 수 없는 세계였다.

휠체어 탄 아이, 그리고 그 엄마(내 친구)와 동네에서 맛있는 점심 식사나 한 끼 하려고 내가 제안했던 식당 후보지 네다섯 군데가 다 거절당했던 이유도 적잖은 충격이었다. 뭘 좋아할까, 무얼 먹어야 맛있을까 이리저리 고민하며 고르고 골라 제안한 곳들이었는데, 아이 엄마가 매우 난감한 표정으로 하는 말이, 이곳들 모두 못 갈 거라는 거였다. 휠체어를 싣고 차로 가야 하는데, 다 좁은 골목에 위치한 곳들이라 주차도 어렵거니와 차에서 휠체어를 내리기 위해 필요한 공간도 확보하기가 어려울 거란 이야기였다. (휠체어가 차에 오르고 내릴 때 발판을 내릴 공간이 적잖이 필요하다.) 생각해보니 그 밖에도 휠체어로 들어갈 수 있는 입구인지, 휠체어를 편하게 대고 이용할 수 있는 테이블인지, 장애인 화장실은 있는지 등 고려해야 할 것들이 줄줄이 기다리고 있을 것이다. 나는 몹시 미안해졌다. 늘 있다. 그 입장이 되어 봐야만 비로소 보이는 것들이.

전국장애인차별철폐연대의 지하철 탑승 시위가 이어졌다 끊어졌다 하며 아슬아슬하게 계속되고 있다. 서울교통공

사와 서울시는 길게 끌면 끌수록 자신들에게 유리한 싸움이 라고 생각하는 걸까. 이 시위 때문에 당장 회사에 지각하게 된다면 계속해서 이들을 응원하긴 어려울 것 같다고 말하는 지인의 말을 곱씹으며, 응원하기 어려워지는 그 마지막 순간에도 그들이 '비로소 본 것들'을 떠올릴 수 있는 여유가 내게 있으면 좋겠다고 생각했다.

8

"그 개, 안 물어요?"

집에서 가까운 곳에 철길 공원이 있다. 본래 철로였던 곳을 공원으로 바꾸어 놓았더니 분위기가 좋아 많은 사람이 이용하는 곳이다. 강아지를 데리고 산책하는 이도 많은데, 나와 천둥이는 몇 번 간 이후로는 잘 가지 않는다. 이유는 이렇다.

산책로의 폭이 2~3미터 정도인 그곳에서는 맞은편에서 오는 강아지를 마주치지 않을 도리가 없다. 냄새 맡느라 바쁜 천둥이와 즐겁게 걷고 있는데, 맞은편에서 오던 작은 개와 보호자가 우리 2미터 앞 즈음에서 걸음을 멈추더니 물었다. "그 개, 안 물어요?"

천둥이는 무심하게 그 개를 쳐다보고 있었고, 난 별생각 없이 웃으며 대답했다. "네, 순해요." 지나쳐서 걷고 있는데 또 다른 작은 개와 보호자가 2미터 앞에서 서더니 물었다. "그 개, 안 물어요?" 뭐지, 순간 멈칫했지만 답해줬다. "네, 안 물어요."

다시 걷고 있는데 5분도 안 되어 세 번째 작은 개와 보호자가 멈춰 서더니 물었다. 이번엔 안아서 들어 올릴 자세까지 취한 상태였다. "그 개, 안 물어요?"

순간 짜증이 폭발해서 쏘아붙였다. "그럼, 그 개는 안 무나요?"

단지 덩치 때문에 받는 오해와 편견

대형견 천둥이를 기르면서, 대형견에 대한 혐오와 편견에 맞닥뜨리는 건 일상이 되었다. 아파트에서 기르기 편한 소형견을 선호하는 우리나라에서 대형견을 기르는 건 사회적 소수자의 길로 제 발로 걸어 들어가는 것과 같다. 그리고 소수는, 언제나 약자다.

언제 어디서 공격이 들어올지 모른다. 한번은 축구장만 한 넓이의 유수지 공터에서 산책하는데, 갑자기 저 멀리서 어떤 아저씨가 다가오더니 '우리 애가 무서워하니 나가라'고 했다. 우리는 그들과 거의 200미터 이상 떨어져 있었고 천둥이는 그 아이에게 0.1퍼센트의 관심도 보이지 않았는데 말이다. 펜션, 식당 등에 '애견 동반 가능' 표시가 있어도 꼭 재차 확인해야 한다. 소형견만 입장 가능하고 대형견은 안 되는 경우가 많기 때문이다. 허용되는 몸무게까지 표로 꼼꼼히 정리해 그 사실을 못 박는 펜션도 있다. 대형견은 '애견'에 들어가지 않는 그 어떤 신종이란 말인가.

개물림 뉴스라도 나오면 나도 모르게 죄지은 양 눈치를 보고 몸을 사리게 된다. 괜히 더 이른 새벽, 아니면 더 늦은 밤에 산책을 나온다. 내 생활 리듬이 깨지더라도 어쩔 수 없다. 한 번씩 사고가 터지면, 맹견이든 아니든 대형견이면 무조건 입마개를 채워야 한다는 주장이 심심찮게 들려온다. 하지만 그 주장은 '덩치 큰 사람은 (사람을 때릴 수도 있으니) 무조건 수갑을 차고 다녀야 한다'는 것과 뭐가 다를까? 천둥이 친구 코코는 하도 길에서 뭘 주워 먹어서 건강을 위해 입마개를 해야 할까 한참 고민했지만, 결국 하지 않는 걸로 결론 냈다. 여러 이유가 있는데, 입마개를 한 개는 위험한 개일 거라고 지레짐작하는 시선도 그중 하나다.

맹견은 만들어지는 거예요

물론 대형견을 무서워하는 사람도 이해는 간다. 개물림 사고 뉴스의 주인공은 거의 대형견이니까. 그런데 생각해보면 그럴 수밖에 없다. 덩치가 있으니 사고가 생기면 더 치명적일 테니까. 더군다나 뉴스는 이런 소식을 놓칠 수 없고…. 그러나 그런 뉴스가 모든 대형견이 잠재적 위험 요소로 취급받아야 하는 근거가 될 순 없다. 심지어 대형견을 기르는 보호자들에게 물어보면 되려 소형견에게 물렸다는 이야길 심심찮게 들을 수 있다. 당연히, 그런 건 뉴스거리가 되지 않는다.

나이 드신 분들은 어렸을 때 시골에서 개에게 물린 트라우마가 있어서 큰 개를 싫어하는 경우가 꽤 있다. 물론 어릴 때 그런 일을 당한 건 너무나 유감이다. 얼마나 두려웠을지 상상조차 어렵다. 하지만 잠시 호흡을 가다듬고, 그 개들이 자란 환경이 어떤지 생각해볼 필요가 있다. 평생을 1미터의 목줄에 묶여서, 산책 등 그 어떤 사회화의 기회도 갖지 못하고, (요즘은 이 개들을 산책시키는 '1미터의 삶'이라는 봉사단체까지 생겼다.) 마당을 자기가 '지켜야 할 영역'이라고 생각하는 그 개들이 공격성을 보이지 않는 게 더 이상하지 않나. 그

건 명백한 학대다. 학대당하며 길러진 개는 인간을 위협하고, 그 인간은 오늘날 다시 개를 혐오한다. 과거와 현재는 끊임없이 연결된다.

예전엔 〈개는 훌륭하다〉 같은 프로그램을 즐겨봤는데, 계속 보다 보니 슬그머니 걱정이 되었다. 시청률 때문인지 유튜브에는 대형견이 이빨을 드러내고 으르렁거리는 장면, 입질해서 피멍이 든 장면 등을 편집한 영상이 적잖이 돌아다니는데, 사람들이 이런 문제 있는 개들만 자꾸 보다 보면 개들이 다 그런 줄 알까 싶어서다. 프로그램을 제대로 이해한다면 개들의 문제는 대부분 보호자로부터 비롯된 것이라는 걸 알 테지만, 워낙 오해와 편견에 시달리다 보니 이런 것 하나도 신경 쓰이는 게 사실이다.

휴, 물론 모든 보호자가 자기 개를 잘 알고 컨트롤 하는 건 아니다. 코코 보호자는 황당한 일을 겪었다고 했다. 꼬리를 잔뜩 치켜세운(긴장했다는 증거다.) 어떤 개를 만났는데 그 보호자가 우리 아인 순하다고, 인사해도 된다고 호언장담하는 통에 다가갔다가 으르렁하고 펄쩍 뛰어오르는 그쪽 개 때문에 코코도 자신도 화들짝 놀라 도망간 적이 있다고. 사랑하는 마음은 종종 눈을 멀게 하고, 자기 개를 객관적으로 보지 못하게 한다. (천둥이를 키우는 과정에서 어떨 땐 나조차도 그런 면이 없지 않았단 사실을 깨닫고 반성하는 중이다.) 자기 개가 명백히 공격성이 있는데도 입마개를 하지 않거나 울타리를 제대로 치지 않는 사람은 개를 기를 자격을 박탈해야 한다고 생각한다.

"맹견은 만들어지는 거예요."

동물행동훈련사 강형욱 님의 말을 끝으로 마무리하고 싶다. 그의 말대로, 대부분의 문제는 개 자체가 아닌 사람으로부터 비롯된 경우가 많다. 하다못해 처음 만나는 개의 머리를 "어머 예쁘다" 하며 쓰다듬는 것부터 그렇다. (개의 입장에선 머리 위로 드리운 손바닥 때문에 시야가 가려지므로 위협을 느껴 물 수 있다.) 대형견을 무조건 무섭고 위험한 존재로 생각하는 우리 사회의 분위기가 하루빨리 바뀌길, 그래서 대형견이 이 사회에서 함께 살아가는 존재로 진정 거듭나길 바란다. 덩치는 곰 같아도, 마음만은 솜사탕처럼 부드러운 아이들이 많으니!

배우다

'으르렁', '멍멍'은
생각보다
많은 의미가 있어요.

9

동네 아이들,
천둥이와 함께 자라다

동물을 좋아하는 편이라 어렸을 때부터 안 길러본 게 없었다. 거북이, 금붕어, 병아리, 십자매, 토끼, 다리 다친 참새, 심지어 이구아나까지…! 그런데 개, 그것도 큰 개는 그때 길렀던 아이들과는 느낌이 완전히 다르다. 뭐랄까, 자기 존재감이 정말 확실하다고 해야 할까. 작은 갈색 푸들을 기르는 지인은 천둥이를 보더니 이런 말을 했다. “내가 A이고, 우리 개가 나한테 딸린 A-1이라면 천둥인 B 같아. 그 자체로 독립적인 존재.”

천둥이를 기르면서, 그리고 여러 책과 활동을 통해 각성하면서 나는 서른 살이 넘어 비로소 비인간 동물에 대한 감수성을 키워나가고 있다. 그들의 존재를 새롭게 인지하고, 그들 또한 나름의 욕구와 욕망을 갖고 살아간다는 점, 그들에게는 그들만의 생활 리듬과 언어가 있으며, 여태껏 내가 얼마나 인간 위주로 생각해왔는지 등을 말이다.

아이들, 차츰 천둥이를 이해하게 되다

천둥이로 인해 이런 생각을 하는 건 나만이 아닌 것 같다. 천둥이가 동네에 살러 온 지 벌써 2년이 다 되어가는데, 그간 천둥이를 대하는 동네 아이들의 태도의 변화를 보면 느낄 수 있다.

천둥이를 처음 만났을 때만 해도 아이들의 반응은 크게 세 가지였다. '꺅, 귀여워!' '으악! 너무 커!' '무서워….(후다닥)' 그중에서도 의외로 위험한 게 '꺅, 귀여워!' 파다. 우다다 달려와 다짜고짜 천둥이 머리를 쓰다듬으면 천둥이는 놀라서 고개를 이리 빼고 저리 빼기 일쑤였다. 그만한 게 다행이지, 사실 개 입장에서는 그렇게 갑자기 머리를 쓰다듬는 건 상당히 무례하고도 공포스러운 행동이다. 앞에서도 이야기했지만 상상해보라. 자기보다 덩치도 큰 존재가, 갑자기 손으로 시야를 가려버린다면 누군들 안 무서울까. 두려움이 많은 개는 손을 확 물어버리기도 한다. (그 책임이 '당연히' 개와 보호자에게 간다는 사실이 때론 몹시 억울하다.)

이래선 안 되겠다고 생각한 우리 가족은 '강아지 언어 전도사'가 되기로 했다. "자, 너희들 잘 봐. 천둥이를 만지기 전에 먼저 천둥이랑 인사를 해야 해. 강아지식 인사는 쪼그리고 앉아서 천둥이와 눈높이를 맞춘 다음, 손등을 천천히 천둥이 코에 내밀어서 냄새를 맡게 하는 거야. 개는 냄새를 맡아 인사를 하거든. 너희가 마음에 들면 천둥이가 다가가서 고양이처럼 몸을 비빌 거야. 그리고 너희들 앞에 등을 보이고 털썩 주저앉으면, 그게 바로 완전히 너희를 믿고 안심한다는 증거야!"

물론 이조차 개마다 다르다. 수의사 설채현의 책 《그 개는 정말 좋아서 꼬리를 흔들었을까?》(동아일보사)에는 이조차도 하지 말라고 써 있다. 사람 사이에도 심리적 거리(personal distance)가 필요하듯, 개들에게도 심리적 거리가 필요하다고. 어떤 개에겐 불쑥 손등을 내밀어 냄새를 맡게 하는 것조차 놀라고 불쾌한 경험일 수 있으니, 잘 모르는 개는 인사하고 싶더라도 모르는 척하는 게 상책이라고 말한다. 다행히 천둥인 천천히 다가가면 아이들과도 인사를 잘하는 편이라, 이렇게 가르쳐줬다. 내가 사는 공동주택 2층에는 '도토리마을방과후'라는 공동육아 협동조합 공간이 있는데, 많게는 60명에 가까운 아이들이 아침저녁으로 드나든다. 처음엔 천둥이를 어떻게 대하면 좋을지 몰라 하던 아이들이 곧 익숙하게 쪼그리고 앉아 천둥이와 인사를 하고, 새로 온 아이들에게도 강아지식 인사법을 의젓하게 가르쳐주는 모습을 보면 그렇게 기특할 수가 없었다. 아이들은 자기들끼리 '천둥인 꼬리랑 앞발 만지는 건 싫어한대' '턱부터 살살 긁어주면 좋아한대'와 같은 정보를 와글와글 공유하며 천둥이와 차츰 관계를 쌓아나갔다.

공유 강아지(?) 천둥이를 통해 배우는 것들

'꺄, 귀여워!' 파는 또 다른 의미로 위험(?)하다. 특히 이들의 행동을 애처로운 눈으로 경계하는 건 부모들이다. "엄마, 우리도 강아지 기르자…." 아이들이 한 손으로 천둥이 목을 감싸 안고 사슴 같은 눈망울로 바라보면 엄마들은 몹시 난처해진다. 나는 그런 어머니들을 몇 번 구원해드린 적이 있다.

"가인아, 정인아, 밤에 천둥이랑 공원에 산책 갈 건데 같이 갈래?"

밤 9시에, 왕복 2시간은 족히 걸리는 공원 잔디밭에 가서 1시간 동안 천둥이와 실컷 뛰게 했더니 정인이가 말하길, "헥헥… 나는 강아지랑은 안 맞는 것 같아… 헥헥…."

그래, 잘 생각했어, 정인아. (후후) 보통은 저렇게까지 할 것도 없다. 매일 아침 7시에 하는 산책을 따라오라고만 해도 눈이 왕방울만 해지면서 손사래를 친다. 저런, 우린 언제든 환영인데 말이지….

그래도 가끔 아이들과 함께 나서는 산책길은 모두에게 더할 나위 없이 즐거운 추억을 안겨줬다. "천둥이 친구 코코는 뭐든 잘 주워 먹으니까 정인이가 잘 지켜봐줘야 해. 천둥이는 가끔 다른 개를 경계하기도 하니 가인이는 시선을 항상 멀리 두고 다른 개가 오는지 안 오는지 미리 봐주고!" 이렇게 말해두면 아이들은 맡은 임무를 누구보다도 철저히 완수한다. 아이들은 안전한 산책에 기여했다는 뿌듯함에 어깨를 쭉 폈고, 매일 걷던 동네길을 천둥이 발길 닿는 대로 걸으며 '어, 여기 이런 가게도 있었네' '이런 길이 있었어?' 하고 감탄사를 연발했다.

그렇게 함께 시간을 보내며 천둥이와 어느 정도 친해진

고학년 아이들은 훌륭한 '예비 집사'다. 우리 가족 모두 일이 바빠서 점심 산책을 시켜주기 어려우면 (당시 코로나19 때문에) 방콕하는 아래층 아이들을 카톡으로 불러낸다. "윤찬아, 윤산아, 천둥이 데리고 옥상 가서 같이 놀아줄래?" 다들 신이 나서 오케이한다. 정성스럽게 사진도 찍어서 내게 실시간으로 보고도 해준다. 옥상에서 신발 던지기를 하며 헤벌쭉 웃고 있는 아이들과 천둥이의 모습에 회사에서도 미소가 절로 나온다.

아이들과 강아지의 조합은 언제나 옳다. 그중에서도 이제 갓 초등학교 1학년이 된 아이들이나 그보다 더 어린아이들과 천둥이의 만남은 예외 없이 폭소를 터트리게 한다. 건너편 주택에 사는 세 살 난 '산이'는 한동안 천둥이의 가장 좋은 산책 메이트였다. 산이 엄마와 나는 '애와 개는 산책이 필요해'라고 콧노래를 부르며 동네 이곳저곳을 돌아다녔다. 산이의 느린 걸음걸이는 천둥이의 여유 있는 걸음걸이와 잘 맞았다. 산이가 잘 따라오지 못하면 천둥이가 가끔 뒤돌아서서 기다려주기도 했다.

그렇게 앞서거니 뒤서거니 하며 가는데 우리 둘 다 빵 터지는 사건이 일어났다. 천둥이가 으레 그렇듯 뒷다리 한쪽을 들고 전봇대에 실례를 했는데, 그 모습을 본 산이가 자기도 똑같이 한쪽 다리를 들고 '쉬~' 하고 소리 내는 게 아닌가. 산이 엄마는 "변기에 앉아서 볼일 보는 걸 넉 달 동안 가르쳤는데, 아~무 소용이 없네…." 하고 입맛을 다셨다는 후문.

10

병원,
나도 웃으면서 나오고 싶다

2019년 5월생인 천둥이는 이제 만 네 살이 넘었다. 애교도 부쩍 늘고 더 점잖아지는 모습에 예뻐하지 않을 이유가 하나도 없지만, 내 마음 한구석에는 아주 작은 불안의 씨앗이 하루가 다르게 싹을 틔우고 있다. 천둥이가 정기검진을 받아야 하는 나이가 되었기 때문이다.

병원, 그 불우한 첫 만남

천둥이가 처음 병원을 찾은 건 태어난 지 5개월 정도 되어서였다. 강원도 산속 집 마당에서 여느 때처럼 천둥이를 쓰다듬던 어느 주말 오후, 얼핏 천둥이 눈을 들여다봤는데 뭔가 반투명한 실 같은 게 끼어있는 것 같았다. 자세히 들여다보려 하니 이내 사라졌다. 잘못 본 거겠지…. 그런데 그 '실'이 잠시 뒤에 또 나타났다. 천둥이 얼굴을 붙잡고 자세히 보니 실이라기엔 조금 더 통통한 그것이 '꿈틀거리며 움직이는 게' 아닌가!

하느님 맙소사! 사색이 된 난 인터넷을 뒤져 그것이 '안충'이라는 사실을 알아냈다. 강아지 몸에 사는 내부 기생충으로, 산책을 자주 하거나 외부에 사는 강아지에게 생길 수 있다고. 개의 눈 주위에 초파리가 알을 낳고, 그 알에서 깨어난 성충이 개의 눈꺼풀과 안구에서 기생해 사는 것이다.

그길로 아버지가 천둥일 데리고 병원에 갔다. 그때 곁에 없어서 잘은 모르지만, 아마 모르는 인간과 아버지가 자길 붙잡고 억지로 눈을 들여다보려고 했던 게 어린 천둥이 마음속엔 큰 트라우마로 남았나 보다. 안약을 처방받아 집에 왔는데, 천둥인 더 이상 자기 몸을 쉽게 허락하지 않았다. '반려견에게 안약 쉽게 넣는 방법' 등의 영상을 유튜브에서 어렵지 않게 찾을 수 있었지만 천둥이에겐 하나도 적용할 수 없었다. 평소처럼 뒤에서 안는 듯 살살 쓰다듬다가 눈꺼풀을 젖히면서 살짝 떨어뜨리라는 등의 노하우도 쓸모가 없었다.

천둥인 눈치가 백단, 아니 천단이었다. 독심술로 내 마음을 읽는 걸지도 몰랐다. 그냥 살살 쓰다듬는 것과 안약을 넣으려 살살 쓰다듬는 걸 정확히 구분해 조금이라도 낌새가 이상하면 한동안은 잔뜩 경계 태세였고, 세상에서 제일 좋아하는 누나 품에도 오질 않았다.

중성화 수술로 쐐기를 박다

원체 건강한 천둥이였기 때문에 병원에 갈 일도 별로 없었지만, 어렸을 때 산속에서 키워 일부러라도 병원에 데리고 다니지 못한 게 화근이었다. (별일이 없어도 어렸을 때부터 자주 데려가 병원과 친해지게 하면 좋다는 이야길 나중에서야 들었다.) 조금 자라 자아가 생기니 천둥이는 한 번 가보고 좋은 기억이 있는 곳, 나쁜 기억이 있는 곳을 정확하게 구분했고, 나쁜 기억의 최고봉은 단연코 병원이었다.

천둥이가 서울에 살게 되면서 중성화 수술을 시키지 않을 수 없다고 판단, 집 근처 협동조합 동물병원에 조합원으로 가입하고 중성화 수술을 의뢰했다. 수컷은 암컷보다 시간도 짧고 고통도 덜하다며, 의사 선생님은 2시간 정도면 마취가 풀릴 테니 와서 데려가라고 했다. 들어갈 때부터 바짝 긴

장해서 몸부림치기 시작한 천둥이를 내가 거의 온몸으로 제압해 간신히 마취 주사를 놓는 데 성공했다. 간호사 세 명과 의사는 천둥이의 몸부림을 몇 번 진정시키려다가 보호자가 하는 게 낫겠다며 포기하고 뒤로 물러선 상태였다.

혀를 길게 빼물고 바닥에 서서히 잠드는 천둥이의 모습을 보며 눈물이 울컥했다. 누나가 2시간 뒤에 바로 데리러 올게…. 집에나 잠깐 다녀와야겠다 싶어 갔는데 웬걸, 1시간 정도밖에 안 지났는데 병원에서 전화가 왔다.

"애가 커서 마취가 좀 빨리 풀렸나 봐요. 저희가 넥카라를 못 씌우고 있는데… 좀 와주셔야겠어요."

부리나케 병원으로 갔다. 들어서자마자 간호사들은 굉장히 난감한 표정으로 "도저히 씌울 수가 없었어요…."라며 날 천둥이에게로 안내했다. 집에 가지 말걸… 마취가 풀렸을 때 내가 곁에 없어서 더 불안했구나…. 잔뜩 겁에 질린 표정으로 날 보며 힘없이 꼬리를 흔드는 천둥일 보고 또 울컥! 우린 터벅터벅 집으로 돌아왔다.

그날 저녁은 전쟁이었다. 천둥인 병원에서 준 플라스틱 대형 넥카라를 단 한 차례의 몸부림만으로 부숴버렸다. 그것만 믿고 천으로 된 다른 넥카라를 준비해놓지 않았던 난 땅을 치며 후회했다. 대형견용은 어떤 품목이든 수요가 별로 없어 오프라인 매장에서 바로바로 구하기가 몹시 어렵다. 어쩌지… 이불도 둘둘 감겨보고, 사람 옷도 잘라서 입혀보고, 하반신에 모자도 잘라 씌워보는 등 온갖 짓을 다 해봤지만 모두 허사였다. 결국 그날 저녁 10시에 아버지의 아이디어로 인간 아기에게 채우는 특대형 기저귀를 사 와서 꼬리가 나올 수 있게 구멍을 뚫은 후, 천둥이에게 채우고 풀리지 않도록 테이프까지 감고 나서야 사태는 진정되었다. (반려견용 기저귀가 있단 사실을 일 년 정도 뒤에 알았다….)

천둥이가 완전히 회복되기까지는 일주일이 넘게 걸렸다. 대소변을 보게 해야 하니 테이프와 기저귀를 풀었다 다시 붙이기를 하루 세 번이나 반복했다. 기저귀를 재활용하기 위해 몹시 조심스럽게. 천둥이가 테이프를 지이이익— 잡아뜯는 소리를 몹시 싫어하는 통에, 테이프를 멀리서 길게 뜯어서 가져갔다가 테이프끼리 붙는 불상사도 몇 번이나 일어났다. 아… 일주일 동안 나는 살이 아주 쭉 빠졌다.

병원, 도무지 친해질 수 없는 그곳

그 후 천둥인 병원이라면 아주 학을 뗐다. 수술을 했던 바로 그 병원이 산책길에 살짝 보이기만 해도 곧바로 휙! 뒤돌아서서 반대 방향으로 내뺄 정도였다. 그러니 진료를 보는 건 거의 불가능했다. 하루는 놀다가 앞발에 상처가 생겨서 병원에 가야 했는데, 좋은 기억을 심어주고 싶어서 예약 시간보다 2시간이나 일찍 가서 간식으로 어르고 달랬다. 겨우 발을 들이게 하는 데까지는 성공. 1시간 반 동안 병원에서 놀아주고 간식도 먹이며 공간과 친해지게 했지만 정작 진료를 보는 데는 실패했다. 공간과 인간은 별개였다. 천둥인 보통 사람들이 자신을 쓰다듬는 건 너무 좋아했지만, '의사'라는 인간이 '목적성(자기 몸을 살피는)'을 갖고 접근하는 건 기가 막히게 눈치챘다. 어떻게든 현관으로 내빼려고 하는 천둥이의 몸부림은 성인 서너 명이 달려들어도 감당하기가 어렵다.

일 년에 세 번 정도 예방주사 맞는 것도 큰 부담이다. 광견병 주사 한 번 맞히러 갔다가 의사와 간호사들께 너무 죄송스러워서, 저 멀리 시골 동물병원에서 어둠의 경로(!)로 약이랑 주사기만 사 와서 우리 가족이 직접 놓아보기도 했다. 이 역시 결코 쉽지 않지만, 병원에서보다야….

어떤 강아지는 병원 가서 하루에 주사 세 대를 맞아도 아무렇지도 않다는데… 마취도 안 하고 스케일링하는 친구도 있다는데 우리 강아지는 진료는커녕 병원 문턱 넘기도 이리 어려워서야… 하늘이 노랗다. 천둥이를 데리고 강아지 헌혈을 하러도 가보고 싶은데, 그건 다음 생에서야 가능할 것 같다. 오늘도 난, 진료를 봐야 하는 온갖 항목을 잘 적어두었다가 '대망의 정기검진 날' 천둥일 마취시킨 다음 한꺼번에 해치워야겠다고 다짐하며 잠자리에 든다.

11

천둥이를 통해 보는 뒷산

사방에 빌라가 대부분인 서울의 우리 동네. 우리 집도 그 빌라 중 하나인데, 집 바로 뒤에 야트막한 산이 하나 있다. 높이는 고작 해발 66미터. 66미터라고 하면 감이 잘 안 오니, 산 초입에서 고개를 들면 정상부가 어릿어릿 보일 정도라고 하면 되려나. 산이라고 부르기엔 언덕 혹은 동산에 더 가까운 높이다.

그럼에도 주민들은 오래전부터 여길 산이라 부른다. 물론 예전의 뒷산은 더 컸을 테지만, 지금은 언저리까지 주택이 빼곡하게 위치해 주택 사이로 5분 정도만 걸어 올라가면 갑자기 산이 '두둥' 하고 나타나는 모양새다. 구획을 나누는 것이 별 의미 없을 정도로 산이 주택가와 굉장히 가깝게 있다는 뜻이다.

뒷산은 왼쪽 산과 오른쪽 산으로 나뉘는데, 중간에 차 한 대 지나다닐 정도 폭의 길이 하나 나 있다. 마치 삭발한 머리에 난 스크래치 한 줄처럼. 원래 없었던 이 길을 만들 때 산을 양쪽으로 쪼개놓는다고 주민들의 반발이 상당했다고 들었다. 왼쪽 산은 이미 산이라고 하기는 어렵다. 정상부가 빡빡 깎여 잔디광장이 조성되고 각종 운동기구가 놓인 모습이다. 반면 오른쪽 산은 제법 산답다. 다양한 큰키나무와 낮은 관목들이 자라고, 녹음의 기세가 한창인 봄과 여름이면 살짝 몸을 숨길 수 있을 정도로 수풀이 우거지고 각종 꽃이 자태를 뽐낸다.

하지만, 내겐 그뿐이었다. 원래 목적 없이 어슬렁거리는 산책을 즐겨하는 편도 아닐뿐더러, 평일엔 회사 - 집 셔틀, 주말엔 도시 구경과 사람 만나느라 바빴던 내게 뒷산은, 그 푸르름은 있으면 좋고 없어도 크게 상관은 없는 것이었다. 그러니 이 동네 산 지가 벌써 6년 차였는데도 그간 뒷산에 한 다섯 번 갔으려나….

천둥이에게 뒷산이란

천둥이가 우리 집에 오면서부터 상황은 180도 달라졌다. 그야말로 뒷산의 재발견! 천둥이에게 뒷산은 도심이라는 사막 속 '오아시스'다. 매일 세 번씩 산책을 나가는 천둥인 1층을 나서자마자 대부분 뒷산으로 방향을 잡는다. '천둥아, 오늘은 어디 다른 방향으로 가볼까' 하면 고집스러운 표정으로 귀를 뒤로 젖히고 엉덩이가 천근만근이라도 되어버린 것처럼 털썩 주저앉아 버틴다. (그는 자기가 무겁단 걸 아주 잘 알고 있다….)

아스팔트나 데크길을 걸을 때와 산의 흙길을 걸을 때, 천둥이의 표정에는 매우 큰 차이가 나타난다. 아스팔트나 나무 데크길에선 냄새도 잘 안 맡고 오래 머물지 않는다. 딱딱한 표면에 발이 닿는 느낌이 별로인가 보다. 특히 여름철은 지옥이 따로 없다. 여름날 잔뜩 달아오른 아스팔트 길이 강아지 발에 화상을 입힐 수도 있단 걸 산책을 자주 나가는 보호자라면 체감하지 않을 수 없다. 털옷을 입고 축 처진 채 숨막히는 더위를 견디는 천둥이를 보면 어서 빨리 어디든 그늘 밑으로 피신해야겠다는 생각밖에 들지 않는다. 어르고 달래서 간신히 우거진 나무 그늘 속 시원한 흙을 밟으면 누구 입에서 먼저랄 것 없이 '휴우…' 하고 한숨이 나온다.

무엇보다 아스팔트나 데크길에선 천둥인 큰 볼일을 보지 않는다. 가만히 보니 천둥이가 애정하는 배변 장소는 주로 흙 한 줌, 풀 한 포기라도 있는 곳이다. 당연히 배변을 위해서 천둥인 자연스레 산으로 향한다. 인터넷에 찾아보니 개들은 '발바닥이 닿았을 때 푹신한 곳, 냄새 맡았을 때 싫어하는 냄새가 안 나는 곳, 물기가 없고 배변이 잘 흡수될 것 같은 곳'을 배변 장소로 선호한다고 하는데, 천둥이 생각에 그 모든 조건을 충족하는 곳이 바로 산인가 보다.

산에서의 천둥인 몹시 즐거워 보인다. 이곳저곳 냄새를 맡고, 앞발로 흙도 슥슥 긁어보고, 풀도 뜯어먹고, 수북이 쌓인 나뭇잎에 폭 파묻혀 뒹군다. 하늘거리며 떨어지는 꽃잎을 잡으려고 귀여운 헛발질을 해보기도 한다. 이 모든 게 천둥이가 건강하게 에너지를 발산하는 방법이다. 특히 시각보다 후각에 의존하는 개들에게 냄새 맡는 행위는 몹시 중요하다. 집에서 30분 정도 걸어가면 무척 넓은 공원도 있고, 차 타고 조금만 가면 산세가 수려한 큰 산에 갈 수도 있지만, 아무리 맛있는 고급 음식이라도 배고플 때 당장 눈앞의 따끈한 밥 한 술과 비교할 수는 없다. 콘크리트와 아스팔트로 뒤덮인 서울에서 천둥인 뒷산에 기대 살아가고 있다. 자기의 네

발로 걸어서 닿을 수 있는 바로 그곳에.

뒷산에 깃들어 사는 생명들

천둥이를 통해 뒷산과 새롭게 만나면서, 그곳에 기대어 사는 또 다른 존재들이 눈에 들어오기 시작했다. 어느 날엔 너구리와 맞닥뜨렸다. 줄무늬가 있는 얼굴, 쫑긋 선 귀, 풍성한 꼬리… 영락없는 너구리였다. 낮엔 어디 굴이라도 파고 숨어 있던 녀석이 인적 드문 밤에 몰래 나왔다가 야밤 산책을 즐기는 우리와 딱 맞닥뜨렸던 것이었다. 멸종위기 관심대상인 너구리가 우리집 뒷산에!? 하고 감탄할 여유도 없이, '말리지 마!' 하며 덤벼드는 천둥일 말리느라 진땀을 뺐다. (너구리는 광견병을 옮길 수도 있어 조심해야 한다.) 너구리는 멀뚱히 우릴 쳐다보다 사라져 버렸지만, 그 뒤로 난 종종 산 어딘가에서 부지런히 움직이고 있을 너구리 씨를 떠올렸다.

뒷산을 점유하고 있는 아름다운 생물은 뭐니뭐니 해도 '새'다. 우연히 마을 이웃들이 자발적으로 꾸린 탐조모임(새를 관찰하는 모임)에 참여할 기회가 있어 작은 쌍안경을 빌려 들고 뒷산을 돌아봤는데, 고작 2시간도 채 되지 않아 무려 열 종류에 달하는 새를 만날 수 있었다. 새호리기(멸종위기 2

급), 파랑새, 물까치, 꾀꼬리, 직박구리, 되지빠귀, 박새, 쇠솔새, 참새, 멧비둘기…. 참새와 멧비둘기밖에 모르던 내가 그 많은 새를 알아볼 수 있었던 건 탐조모임을 이끌기 위해 서울 저 멀리서부터 새벽같이 달려온 동물권 활동가 '사이'가 일일이 손수 복사해서 나눠준 조류도감 덕분이었다. 꾀꼬리가 띠는 아름다운 노란빛, 점잖게 넥타이를 맨 것처럼 보이는 박새의 하얀 턱받이 털, 나무 저 위에서 들려오는 오색딱따구리의 소리…. 고작 30분 조류도감을 들여다보고 출발했을 뿐인데 뒷산 새들을 대하는 내 마음은 완전히 달라져 있었다. 아직도 그 순간을 떠올리면 가볍게 소름이 돋는다. 그림보다 몇백 배는 더 아름다운 새들이 눈앞에서 진짜 살아 움직일 때의 경이로움이란…. 그것도 망원경의 도움으로 바로 눈앞에서! 부리에 묻은 흙, 몸단장을 위해 쪼아대는 날갯죽지, 벌린 새끼들의 입에 벌레를 잡아와 넣어주는 어미새, 나는 법을 배우려 파닥이는 새끼…. 김춘수 시인이 그랬지, '내가 그의 이름을 불러주었을 때 그는 나에게로 와서 꽃이 되었다'고. 마치 문장을 통째로 꼭꼭 씹어먹은 것처럼 나는 그 의미를 너무나 완벽하게 이해할 수 있었다. 이름을 불러준 바로 그 순간부터 그 새들은 내게 비로소 '존재하기 시작했던' 것이다.

탐조모임이 가져다준 작은 깨달음

탐조모임 이후, 뒷산을 대하는 내 마음은 매번 놀라움과 반성으로 가득 찼다. 두 가지 이유로 그랬는데, 첫 번째 이유는 '내가 못 봤다고 거기 없는 게 아니'란 걸 깨달았기 때문이었다. 내 눈에 비친 뒷산은 산책로, 살랑이는 나뭇잎, 운동기구, 정자, 야자 매트길, 새, 길고양이 정도로 이루어져 있었다. 그 밖에 무엇을 더 보려고 노력한 적이 없다. 그런데 탐조모임으로 '새'를 비로소 보게 되면서부터 새와 연결된 뒷산의 수많은 생명, 뒷산의 새로운 모습이 한꺼번에 나도 여기 있다고 외쳐왔다. 내 눈에 비치지 않은 곳 — 나무 꼭대기, 수풀 속, 나무 뿌리 근처, 심지어 흙 속 – 에 이루 셀 수 없이 많은 생명이 있었다. 그들은, 내가 보지 못했다고 해서 거기 없는 게 아니었다. 제한적인 시야에 들어온 것만을 세상이라고 알고 살아가던 나는 얼마나 편협한 인간이었나.

마음의 변화는 '그 각각의 생명이 하나의 세계'란 사실을 깨달으면서 또 한 번 일어났다. 이 사실을 가장 확실하게 알려준 게 천둥이였다. 천둥일 기르기 전에 난 개는 다 비슷한 줄 알았다. 습관도, 행동도, 좋아하는 것도, 싫어하는 것도…. 그게 얼마나 좁은 생각이었는지 천둥이와 관계를 맺고, 다른 개가 비로소 눈에 들어오면서 깨달았다. 하나의 생명이 얼마나 고유한지, 얼마나 유일하고 특색 있는지 천둥인 온몸으로 말한다. 저 새들도 마찬가지겠지. 새호리기와 파랑새의 습성은 분명 다를 것이고, 이 직박구리는 저 직박구리보다 호기심이 많을 것이고, 이 물까치는 저 물까치보다도 흙놀이를 좋아할지 모른다. 이런 관점을 나무와 벌레, 미생물까지 넓히지 못할 이유가 있을까? 이 나무와 저 나무는 다르고, 이 벌레는 저 벌레와 다르고, 이 미생물은 저 미생물과 다르다. 이렇게 하나하나 셀 수 없이 다양한 생명이 뒷산에 깃들어 산다. 생각이 여기까지 미치자, 나는 잠시 아득해졌다.

이런 뒷산이 수시로 크고 작은 개발의 위기에 처한다. 2020년부터는 세 번째 큰 위기가 뒷산에 닥쳤다. 시의원이란 사람이 뒷산을 개발하겠다고 서울시로부터 예산을 타냈기 때문이다. 포크레인과 전기톱 소리에 놀란 마을 사람들이 모여 개발을 저지하려 애썼다. 무려 3년 동안이나, 생업을 포기해가며. 극적으로 큰 공사를 막아내며 다행히 개발을 최소화하는 방향으로 세 번째 위기는 마무리되었다.

그러나 뒷산은 근본적으로 안전해지진 못했다. 시의원과 서울시와 구청에게 이곳은 산이 아닌 '근린공원'이고, 그들은 늘 공원답게 이곳을 더 많은 '사람'이 편리하게 이용하게 해야 한다고 말하기 때문에. 그들은 산에 운동기구를 놓고, 정자를 짓고, 더 편하게 다닐 수 있도록 데크길을 깔고, 가로등을 환하게 밝히자고 말한다. 이를 위해 어느 정도 나무를 베어내고 흙을 파헤치는 건 어쩔 수 없는 일이라고.

예년과 마찬가지로 올봄에도 뒷산 능선엔 벚꽃이 흐드러지게 피었다. 하늘을 가릴 정도로 만개해 마치 벚꽃 터널을 걷는 기분이었다. 참 아름다웠지만 예쁘다고 찰칵찰칵 사진을 찍는 사람들을 보며 마음이 심란했다. 산을 산이 아닌 '정원, 공원'으로 가꾸고 싶어 하는 구청이 의도적으로 심은 벚나무란 사실을 이제는 알기 때문이다. 마음을 내어 들여다보지 않으면, 의미는 덮이고 의도는 감춰진다. 마음을 내어 들여다보지 않으면, 천둥이와 작은 산새가 품은 드넓은 하나의 우주를 알아보지 못하는 것처럼….

12

개 커플에게 배우는 더불어 사는 법

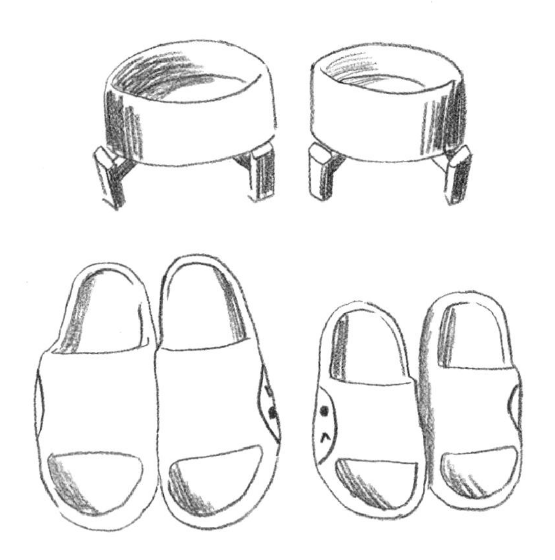

이 책에 종종 등장하는 코코와 천둥이는 커플이다. 그리고 이미 눈치챈 분들도 있겠지만 코코오빠(코코 보호자)와 천둥이누나(나)도 커플이 되었다.

처음 만났을 때만 해도 인간들은 서로에게 관심이 1도 없었다. 오로지 상대의 개, 개, 개만이 유일한 관심사였다. 앞에서도 말했었듯, 당시 코코는 나의 복지였고 저녁이 있는 삶을 가져다주는 천사였다. 코코오빠에게도 천둥이가 그랬다. 그렇게 이름도 나이도 직업도 모른 채 오로지 "코코오빠" "천둥이누나"로만 소통하던 우리들은 상대가 꽤 괜찮은 사람이라고 생각했고, 개 커플이 탄생한 지 정확히 3개월이 지

난 후 인간 커플로 발전했다. 친구들은 모두 놀라워했다. 서른 넘어서 좋은 사람 만나기 쉽지 않은 요즘 '자만추(자연스러운 만남 추구)'도 이런 자만추가 없다고. 무슨 〈101마리 달마시안〉이냐고. 맞는 말이다. 영화 속 '퐁고'와 '페르디타'처럼, 우릴 이어준 건 바로 개들이다.

놀랍도록 서로 다른 그들

천둥이와 코코는 여러 면에서 다르다. 인간에 빗대자면, 'K-유교맨'과 '자유분방 서양 여자'의 만남이라고나 할까. 실제로 천둥인 강원도 홍천 산골 출신인데 비해 코코는 캐나다가 고향이니(래브라도 리트리버는 캐나다 뉴펀들랜드 래브라도 지방의 해안에서 어망을 회수하거나 운반하도록 훈련된 품종이 시초라고 한다.) 성격뿐 아니라 지역상으로도 맞아떨어진다는 사실이 재밌다.

코코는 사람이면 다 좋아한다. 코코의 사랑은 흘러넘쳐 온 누리를 적신다. 반면 천둥이는 '내 무리' '우리 가족'이 가장 중요하고 다른 사람들한텐 예의상 인사하는 느낌이다. 어디 가게에 들어가도 천둥인 잠깐 인사하고 곧 가만히 앉아 나만 바라본다면, 코코는 가게 주인이고 새로 입장하는 손님이고 전부 다 눈 마주치고 인사하고 꼬리로 반겨야 직성이 풀린다. (아니, 그러고 나서도 보호자보단 새로운 사람 옆에 가 있는다.)

욕구 표현에도 코코가 훨씬 더 적극적이다. 천둥인 보호자의 마음을 잘 읽고 하지 말라는 건 잘 안 하는 데다 자기 욕구(배고파요, 안아줘요, 화장실 가고 싶어요, 들어가고 싶어요 등등)도 웬만하면 표현하지 않고 기다리는 편이라면, 코코는 앞발로 우리 팔을 슥슥 긁거나 옷을 물고 오거나 아예 말을 하며(우우우~) 적극적으로 요구한다. 동네 사람들은 천둥이와 코코를 보면서 "어떻게 달라도 이렇게 다르니?"라며 신기해한다.

이렇게 성격이 다른 두 개를 데리고 우린 같이 살아보기로 했다. 코코오빠가 사는 집으로 내가 이사를 들어온 것이다. 밤마다 헤어지기 아쉬워했던 개 커플은 몹시 환영하는 눈치였다.

개들이 알려주는 함께 사는 비법

사랑하는 건 사랑하는 거고 함께 사는 건 또 다른 문제라고 생각한다. 바깥에서만 볼 때와는 다른 모습이 보이고,

새로운 갈등이 불거질 수도 있다. 다행히도 개 커플은 별문제 없이 적응했다. 문제는커녕 마치 오래전부터 함께 자란 남매처럼 편안하게 공존했다. 그렇다면 인간 커플은? (당연히) 몇 번의 거센 풍파를 겪었다…. 하지만 목소리가 높아진 적은 없다. 코코는 나에게, 천둥인 코코오빠에게 서서히 마음을 주었고, 개들의 사랑으로 단단히 묶인 우린 싸울 때도 개들 눈치를 본다. 부부 싸움할 때 애들 눈치가 보이는 것처럼. 아울러 개 커플을 보며 '함께 사는 법'에 대해 배울 때가 종종 있다. 몇 가지 나누자면 이런 거다.

① 누가 그러던데. 좋아할 거 같은 거 백 번 하는 것보다 '싫어하는 거 안 하는 게' 더 잘 사랑하는 법이라고.

코코는 대체로 무던한 성격인데, 유일하게 양보하지 않는 게 먹을 것과 장난감이다. 눈치 빠른 천둥인 이걸 알고 코코가 거실 한복판에서 먹을 걸 붙잡고 있으면 반대편으로 자리를 옮기고 싶더라도 기다린다. 근처도 안 간다. 괜히 오해받고 싶지 않은 것이다. 코코가 싫어하는 건 안 하려는 천둥일 보면서 인간도 공존의 노하우를 배운다. 아울러 '진짜 싫은 거'는 확실하게 표현해야겠다는 것도 코코를 통해 배운다. 나 이건 정말 못 참아!

② 불에는 불로 대응하지 않는다

코코의 성격엔 양면이 있다. 무던하단 말은 바꿔 말하면 섬세한 편이 아니란 뜻도 되는 것이다. 그래서 코코는 천둥이의 발이나 꼬리를 자주 밟는다. 가까이 접근하면 밟을 수 있고, 심지어 '지금' 밟고 있단 걸 느낄 텐데도 별로 신경 쓰지 않는다. 천둥인 밟히는 걸 몹시 싫어해서 '크아앙!' 하고 성질 낸 적이 한두 번이 아니다. 몇 번 데인 천둥인 한동안 코코가 가까이 오면 미리부터 '으르르' 하면서 경고를 줬다. 물론 경고하면 코코도 빙 돌아서 가는 등 조심하긴 한다.

이 광경을 지켜보며 내가 배운 건, 천둥이의 '짜증'에 '맞짜증'으로 대응하지 않는 코코의 무던한 태도다. 이럴 땐 그녀의 무던한 성격이 다시금 장점이다. 중국 무술의 고수가 상대의 공격을 정면으로 대응하지 않고 권법을 써 방향을 바꿔버리거나 피하는 것처럼, 코코는 한 번도 천둥이의 짜증에 맞서 화를 낸 적이 없다. 그러니 상황이 더 악화되지 않고 그쯤에서 그친다. 정말 닮고 싶은 모습이다.

③ 오래 담아두지 않는다

개 커플도 가끔 싸운다. 사소한 것 때문에 싸우기도 하고, 절대 양보 못 할 것 때문에 싸우기도 한다. 대형견 두 마리가 이를 드러내고 악다구니(왈왈왈왈)를 쓰면 모르는 사람은 대단히 무서워한다. 하지만 나와 코코오빠는 안다. 둘이 서로에게 정말로 상처 주며 싸우진 않을 것이란 사실을. 긴장되는 순간은 10초를 채 넘기지 않는다. 제지하며 떨어트려 놓으면 둘은 숨을 헐떡거리다가 이내 이성(?)을 되찾는다. 그리고 10분 뒤면 언제 그랬냐는 듯 다시 사이좋게 엉덩이 냄새를 맡아준다.

덩치 큰 개 두 마리, 그리고 인간 두 명. 캐릭터 확실한 이 네 존재는 오늘도 지지고 볶으며 재미나게 같이 살고 있다. 인간 커플은 개 커플로부터 공존의 비법을 배우면서 말이다. 쉐어든 동거든 결혼이든 뭐든 간에 완전한 타인과 한 공간에서 일상을 공유하며 사는 경험을 먼저 하신 모든 선배님들, 존경합니다. 개들만큼이나 솔직하고 산뜻하게, 재미나게 함께 살아보자, 우리!

개와 고양이,
보기보다 미묘한 그 관계

강아지와 고양이가 어렸을 때부터 같이 크면 둘도 없는 친구가 되는 경우도 있다지만, 일반적으론 둘은 상극이라고들 한다. 나도 그런 줄 알았다. 그런데, 천둥일 키우다 보니 그 관계가 생각보다 더 미묘하고 복잡한 듯 싶다.

고양이라고 다 무서운 건 아닙니다만

천둥이와 동네 골목을 산책하다 보면 종종 길고양이를 만난다. 어렸을 땐 별생각이 없던 천둥이가 나이가 드니 개의 성향이 올라와서 그런가, 언젠가부터 고양이만 보면 원수진 듯 달려든다. 고양이가 눈에 들어왔다 하면 일단 털을 바짝 세우고 으르렁 멍멍대고, 고양이가 도망가면(대개 도망간다.) '게 섰거라' 하면서 가열차게 쫓아간다. 덩치가 있어서 그 모습이 꽤 사나워 보인다.

역시 개는 개구나 싶어 '그러지 마' 하며 줄을 바투 잡았는데, 자세히 보니 뭔가 이상하다. 분명 열심히 짖고는 있는데 고양이 눈치, 내 눈치 보느라 눈알 굴러가는 소리가 여기까지 들릴 지경이다. 그러다 도망가던 고양이가 갑자기 휙 돌아서서 등을 동그랗게 말며 하아악 하고 위협하기라도 하면 앗, 뜨거라 하며 펄쩍 뛰어 뒤로 물러선다. 가끔 이쪽으로 쫓아오는(!) 간 큰 고양이가 있는데, 그럼 천둥이는 내 뒤로 냉큼 숨는다. 마지막 자존심은 잃을 수 없다는 듯 여전히 멍멍멍멍! 짖으면서. 아니, 그런데 꼬리는 왜 또 살래살래 치는 거니…?

언제나 예외 없이 이 패턴을 반복하는 덩치만 큰 겁쟁이 김천둥은, 학습이 안 되는 건지 어느 고양이는 잘못 건드리면 강아지 자존심에 스크래치가 쭉 날 수도 있단 교훈을 매번 잊어버리고 길고양이만 만나면 또 자기가 언제 그랬냐는 듯, 천둥 벼락처럼 큰 소리로 멍멍거리며 쫓아가려 허우적댄다.

근데 또 신기하게도 집고양이한테는 안 그런다. 아주 오랜만에 간 동물병원 로비에서 차례를 기다리는데, 이동장에 넣어져서 불안하게 눈알을 굴리는 집고양이는 흘낏 보고 무슨 일 있었냐는 듯 지나간다. 바로 옆자리에 고양이가 있어도 신경조차 쓰지 않는다. 어… 천둥아, 고양이면 다 무서운 게 아니었니?

참교육의 현장

지난 토요일은 세상 어떤 고양이라도 허세 넘치게 쫓아갈 것 같았던 김천둥이 견생의 쓴맛을 제대로 본 참교육의 날이었다. 자주 지나는 길에 미용실이 하나 있는데, 현관 바깥에 한 평 남짓 조그맣게 나무 울타리가 쳐져 있고 그 안쪽엔 등 따신 햇살을 한껏 즐기는 고양이가 한 마리 누워 있었다. 까만 털에 윤기가 줄줄 흐르고, 덩치도 제법 큰 녀석이다. 같이 지나가던 코코오빠 말로는 그 미용실에 사는 고양이 세 마리중 이 아이가 '대빵'이란다. 지난번에 코코가 호기심에 어슬렁거리다 머리를 들이밀었는데 이 고 선생님께서 자기보다 덩치가 무려 다섯 배는 큰 코코를 무서워하기는커녕 소리 소문없이 다가와서는 록키급의 펀치를 날렸다지 뭔가.

'타타타타타타타타'

'!!!!!!!!!!!!!!!!!'

놀란 코코가 망둥어처럼 펄쩍 뛰어 물러서는 모양이 그렇게 우스울 수가 없었다고. 안 그래도 고양이만 보면 달려드는 천둥이를 보며 이 녀석이 그 고 선생님을 만나 봬도 이럴까, 하고 코코오빠와 궁금해하던 차였다.

어슬렁어슬렁 걷던 김천둥이 문득, 고 선생의 향기를 맡았다. 인공 장미 덩굴이 휘감겨 안쪽이 잘 보이지 않는 나무 울타리 사이로 벌름거리며 코를 들이밀던 그때, 김천둥은 보았을 것이다. 자신을 노리고 직진하는 마법의 구슬 같은 노오란 눈 한 쌍과 곧 나비처럼 날아 벌처럼 쏘아올 두툼한 앞발을. 자, 김천둥은 어떻게 할 것인가. 울타리를 부수고 들어갈 기세로 왕왕거릴 것인가, 내게 응원해달라는 눈치를 보내며 앞발로 울타리를 휘저을 것인가, 그것도 아니면…?

다음 장면, 김천둥의 액션은 누구도 상상하기 어려운 것이었다. 고 선생의 엄한 눈빛과 정면으로 마주친 김천둥의 눈은 자연스레 하늘로 향했고, 자기가 '하룻강아지 범 무서운 줄 모르게' 감히 언제 길고양이들을 위협한 강아지냐는 듯 딴청을 피우며 스윽, 울타리에서 몸을 떼고 룰룰루~ 제 갈 길을 갔다. 세상 순해 보이는 뒷모습에서 바짝 선 털 한 오라기가 마치 '휴우~' 하고 훔치는 식은땀 한 방울 같았다는.

14

'으르렁, 멍멍'에 담긴 의외의 의미

얼마 전 천둥이와 코코와 집 앞 큰 사거리의 치킨집을 지나가는데, 사람들이 '뭐야, 뭐야?' 하면서 가게 앞에 쳐진 펜스 쪽을 물끄러미 보고 있었다. 뭔가 하고 봤더니 아니 글쎄, 앵무새가 앉아 있는 게 아닌가. 빨간색과 초록색 앵무새. 크기가 작지도 않아 큰 숭어만 했다. 우리도 덩달아 멈춰서서 넋 놓고 바라보고 있는데 갑자기 앵무새가 '빼액' 하고 울었다. 평소 들어본 적 없는 소리에 개들이 멍멍, 짖었다. 개들도 '뭐야, 뭐야?' 하는 것처럼.

그 순간, 주변에 서 있던 사람들과 걸어오던 사람들이 갑자기 모세의 바다처럼 좌우로 싹 갈라졌다. 천둥이와 코코를 보면서. 우릴 둘러싼 공간은 넓어졌지만 우린 갑자기 몹시 움츠러들지 않을 수 없었다. 천둥이와 코코는 갑자기 '무서운 큰 개'가 됐고, 우린 그 무서운 큰 개를 끄는 보호자들이 되었기 때문이다. 서둘러 그 자리를 빠져나왔다. 큰 개의 도심 산책은, 언제나, 수시로 눈치를 장착해야 하는 '눈치 산책'이다.

대형견 물림 사고가 뉴스에 나올 때마다 알게 모르게 산책 때 뒤통수가 따갑다. 때론 정면에서 눈총이 날아오거나 심한 말을 듣기도 한다. 천둥이나 코코가 혹여 짖기라도 하면… 아이고, 그냥 빠른 걸음으로 자리를 피하는 게 상책이다. 하긴 덩치 큰 아이들이 짖는 소리도 '천둥처럼' 남다르니 고작 몇 번만 짖어도 작은 개에 비할 바가 아니다. 개를 키우기 전엔 짖는 건 나쁜 행동이고, 짖는 개는 못된 개라고 생각했다. 짖는 행위가 곧 무는 걸로 연결되는 게 아닐까 하는 걱정도 했다. 그런데 천둥일 키우면서 알게 된 사실이 있다. 개의 '으르렁, 멍멍'은 생각보다 많은 의미를 담고 있단 것.

개도 싫은 감정이 있다고요

개가 '싫어'를 표현하는 꽤 많은 방법이 있단 사실을 천둥일 키우면서 배웠다. 고개를 돌리는 것, 하품하는 것, 헥헥거리는 것이 싫다는 표현일 수 있다. 아, 빳빳한 꼬리도. 혀를 날름거리는 건 비교적 '가벼운 싫음'의 표현이다. 뭐, 혀를 날름거리는 것도? 보통 제일 놀라는 부분이다. 네, 그렇습니다.

으르렁하는 게 싫음의 표현이란 건 개를 안 기르는 사람도 대부분 안다. 보호자는 내 개가 어떤 행동에 으르렁하는지 잘 지켜봐야 한다. 보통 개들이 앞발과 꼬리 만지는 걸 싫어하는데, 천둥이도 그렇다. 무뎌지라고 하도 만져줘서 앞발은 이제 좀 덜 그러지만, 꼬리는 여전히 싫어한다.

자기가 좋아하는 걸 빼앗으려고 해도 낮은 소리로 으르렁한다. 비싼 장난감은 사줘도 쳐다도 안 보는 천둥이가 가장 좋아하는 장난감은 의외로 '우유곽'인데, 다 마시고 난 1리터 우유곽을 비틀어 구겨서 주면 '앙' 하고 물고 자기 좋아하는 자리로 총총 걸어가 털썩 엎드려 지익지익 뜯는다. 앞발로 야무지게 잡고 요리조리 뜯는 모습이 여간 귀엽지가 않은데, 전에 남은 우유가 좀 흘러나오는 것 같아서 헹구어 다시 주려고 "잠깐 누나 줘." 했더니 앞발로 딱 잡고선 으르렁했다. 최근엔 '콩토이'라는 걸 새로 사줬다. 약간 길쭉한 똥(!) 모양의 고무 장난감으로, 속이 비어서 간식이나 사료를 채워줄 수 있다. 삶은 고구마를 안에다 꾹꾹 눌러 담아서 천둥이 하나, 코코 하나 줬다. 이미 하도 갖고 놀아 도가 튼 코코는 받자마자 휘딱 집어 던져서 내용물을 잘도 빼 먹는데 처음 해보는 천둥인 우유곽처럼 발로 꽉 붙잡고 잘근잘근 씹고 있었다. 얘야, 그러면 안에 내용물이 나올 턱이 없질 않니. 답답해서 한 수 가르쳐주려고 "천둥아, 봐, 이렇게 하는 거야." 하면서 손으로 건드리려고 하니 또 발로 꽉 누르고선 으르렁한다.

이렇게 으르렁하면 어떻게 하냐고? 머리나 콧잔등을 한 대 탁 때려준다. 이때 '어머나, 무서워' 하면서 물러서면 안 된다. 나는야 강한 보호자, 리더의 모습을 보여줘야 한다. 이노옴, 감히 어디서! 어렸을 때부터 가르쳐야 한다고 들었다. 으르렁하면서 소유욕을 보이려고 하면 보호자한텐 그러면 안 된다는 걸 가르쳐야 한다고. 으르렁하면 탁! 때리고 빼앗고 다시 주고, 으르렁하면 또 탁! 때리고 빼앗아 다시 주는 연습을 끊임없이 해서 순순히 내어주면 다시 돌려준다는 인식을 심어주는 게 중요하다고 한다. (물론, 강아지 성향과 상황별로 다를 수 있다.) 다행히 천둥인 으르렁하다가도 탁! 맞으면 금세 순순해졌다.

그들이 '멍멍' 짖는 이유

천둥이는 멍멍 짖기도 한다. 택배 아저씨 소리가 들리거나 길 가다 싫은 개를 만나서 그럴 때도 있지만, 코코가 '집 안에서' 놀자고 까불 때도 멍멍 짖는다. 에너지 넘치는 리트리버 코코는 밖이고 집이고 놀자고 천둥이 목을 꽉꽉 물고, 때로 보호자에게 터그놀이(반려견이 물고 있는 장난감을 좌우로 당겨주는 놀이)를 해달라고 헌 옷을 입에 물고 올 때도 있는데, 그럴 때 천둥인 가만히 엎드려 있다가 벌떡 일어나 멍멍 짖는다. '예끼, 집에선 노는 거 아니다!' 별명이 훈장님이신 우리 김천둥님(4세) 왈, '노는 건 밖에서만.' 규율을 아주 철저하게 지키는 강아지다.

한번은 밤 산책 중에 벤치에 앉아 있다가 이웃에 사는 아윤이(3세)와 아윤이 아빠를 만났다. 한참 잘 이야기하고 놀다가 아윤이 아빠가 집에 가려고 일어서는데 천둥이가 갑자기 아윤이 아빠를 보고 멍멍멍! 하고 짖었다. 아윤이 아빠가 깜짝 놀라 뒤로 물러섰고 난 아주 호되게 혼을 내려 했다. 그런데 옆에서 지켜보던 코코오빠가 말렸다. 아윤이 아빠가 아윤이를 번쩍 안아 올려서 그런 것 같다고. 천둥이 입장에선 아윤이가 갑자기 공중에 붕 떠 있으니 위험해 보였던 거다.

“위험해요! 내려놔요!”

아, 생각해보니 천둥인 내가 해변가 세이프가드 의자(높이가 2.5미터 정도 된다.)에 기어올라가 앉았을 때도 날 보고 격렬히 짖어댔었다…. 미안해, 천둥아. 위험해 보여서 지켜주려고 한 거였구나. 그런데 천둥아, 코코오빠랑 누나랑 포옹할 때는 안 짖어도 돼. 아무 일도 안 일어난단다….

그런가 하면 놀면서 너무 기분이 좋아도 짖을 때가 있다. 코코와 천둥이는 늦은 밤 아무도 없는 운동장을 뛰고 구르며 노는데, 코코는 그럴 때 무슨 레이싱카 시동거는 것처럼 으앙! 으~으으으앙, 으르렁대다가 멍멍! 짖으며 논다. 이렇게 놀 때 짖는 개들이 상당히 많다. 신나서 흥분해서 짖는 것일 수도 있고, 자기랑 더 놀아달라고 떼를 쓰는 것일 수도 있다. 상대 개가 그런 개를 싫어하면 놀이 자체가 성사되지 못한다. 자기 개가 안 그러면 보호자들조차도 이 ‘짖음’을 이해하지 못하기 십상이다.

앵무새 이야기로 다시 돌아가 보자. 한 번도 본 적 없는 새를 보고 ‘뭐야? 뭐야?’ 하면서 짖는 건 천둥이와 코코에겐 당연한 일일 거다. 다만 인간이 모르고 무서워할 뿐. 개의 으르렁과 짖음은 다양한 의미를 담고 있다. 개를 기르지 않는 이들이 처음 보고 무서워하는 건 당연하다. 이해한다. 그래도 나는 계속 꿈꾸고 싶다. 인간과 가장 가까이 함께 사는 이 생명체에 대한 이해가 더욱 넓고 깊어져서, 사람들이 으르렁거리고 짖는 개를 보면서도 무섭고 기피만 하는 게 아니라 그 개를 이해해 보려는 생각부터 하게 될 그날을.

15

깨진 어금니가 말해주는 것들

귀찮아도 2~3일에 한 번은 닦아주던 천둥이 이빨을, 일에 치이고 몸이 힘들어지며 놓아버린 지 2주째 되던 어느 주말이었다. 비몽사몽간에 천둥이 얼굴을 가만히 들여다보는데, 가까이 스칠 때마다 아주 불쾌한 냄새가 나는 것이 뭔가 이상했다. 입안을 벌려보니 세상에, 오른쪽 어금니가 깨져 있었다! 부러진 이빨 조각이 덮개처럼 잇몸에만 간신히 매달려 덜렁거리고 있었는데, 괴사한 듯 그 부분만 갈색으로 변하고 침인지 뭔지 모를 끈적한 액체가 주변으로 흐르고 있었다. 냄새는 형용하기 어려울 정도로 고약했다. 육안으로나 냄새로나 이건…! 머릿속에 당장 위기를 알리는 사이렌이 켜졌다.

급하게 동네 대형견 보호자 단톡방에 물어서 추천받은 치과 전문 병원은 모두 강남에 있었다. 동물 치과 치료는 아무 동물병원에서 할 수 있는 게 아니고, 치과 전문 병원이 따로 있다. 이곳저곳 전화해보고 평도 괜찮아 보이면서 가장 빨리 진료 볼 수 있는 곳으로 약속을 잡았다. 휴가를 내기 어려워 오후엔 출근해야 했기에 오전 진료를 보려면 이틀이나 기다려야 했다.

오전 9시 예약. 잠을 거의 자지 못해 눈은 퀭하고 머리는 새벽 6시부터 이미 온갖 시뮬레이션을 돌리고 있었다. 아침 챙겨 먹고, 인근 주차장에서 공유 차량을 빌려오고, 처음으로 6시간 정도나 혼자 엄마 집에 맡겨질 코코를 위해 간식, 놀잇감 등을 준비하고, 엄마에게 일러줄 주의 사항 등을 챙기고…. 무엇보다 마음의 준비가 절실했다. 병원을 끔찍이 싫어하는 천둥이인데, 모두가 달려들어도 마취 주사를 못 놓으면 안정제라도 억지로 먹여야 하는 건가…. 부딪혀보기 전까진 답 없는 고민을 하며, 남들은 출근길, 우린 이빨이 부러진 큰 개를 데리고 한강 다리를 건너 깔끔한 내외관의 동물 치과에 도착했다.

자유로워지고 싶은 마음

프리미엄 전문 병원은 역시 달라서, 한 번에 한 마리밖에 진료를 보지 않았다. 대기하는 다른 낯선 개가 없었고, 그만큼 분위기가 차분하고 안정되어 있었기에 다행이었다. 간단한 상담 결과, 역시 천둥이의 이빨 상태는 좋지 않았다. 어떻게 깨지느냐에 따라 살릴 수 있는 정도도 다 다른데, 천둥이 이빨은 가로가 아니라 세로로 깨져서 살리기가 어렵다고.

치과 원장님은 아마 딱딱한 뼈 간식이 원인일 것 같다고 했다. 말도 안 돼…! 강아지 간식 가게에 흔히 파는 바로 그 뼈 간식이? 포장지엔 '스트레스도 풀고, 치석 제거도 되고, 무엇보다 오래 먹는 간식'이라고 써 있다. (대형견이 먹는 뼈 간식은 어른 손만큼 굵고 크다.) 코코와 천둥이에게 뼈 간식을 종종 사 줬었다. 도시에 사는 개의 24시간은 길다. 아침 점심 저녁으로 산책을 간다 해도 나머지는 개들에게 억겁의 시간이다. 인간은 여러 사회활동을 하지만, 개들은 오로지 보호자만 본다. 그 시간을 조금이라도, 아주 잠깐이라도 채워주려고 뼈 간식을 사서 먹였다. 개도 너무 좋아하니까. 그런데 사실 그 안엔 나의 숨겨진 욕망이 있었다. 치과 원장님은 그걸 알고 있었다.

"원래는 '눌러서 손톱자국이 날 정도'의 간식만 먹이는 게 좋아요. 뼈 간식은 사실 보호자를 위한 거예요. 그만큼 산책 덜 시키고, 개한테서 자유로워질 수 있으니까요."

가슴을 후벼 파는 것 같았다. 가장 아픈 부분을 찔렸다. 놓여나고 싶었던 욕망이 천둥이를 저렇게 만들었다고 생각하니 심한 자책감이 들었다. 하지만 동시에 억울해서 뭐라고 소리치고 싶은 마음이 들었다. 사실 가끔, 아니 가끔보다는 자주 힘들다. 피곤한 몸을 이끌고 아침 산책 나가고, 퇴근하고 저녁 먹고 설거지하고 나면 또 산책을 나가야 한다. 그렇게 매일매일, 눈이 오나 폭염이 오나 두세 시간을 산책하는데. 나는 이미 한계인데, 최선을 다하고 있는데 그걸로 부족하니 더, 더, 더 열심히 하라는 이야길 듣는 기분이었다. 아연해졌다. 천둥아, 누나는 널 위해 뭘 더 할 수 있을까.

3개월 할부로 해주세요

원장님은 어금니를 뽑거나 신경치료+씌우기, 둘 중 하나를 선택하라고 했다. 뽑으면 새로 심는(임플란트) 건 불가능. 혼자 야생에서 사는 게 아니니 살아가는 데는 전혀 문제없다고 하지만 세 살밖에 안 된 이 창창한 아이를 평생 어금니 하나 없이 살게 한다는 선택의 무게가 가볍지 않았다. 손이 덜덜 떨렸다. 내 손으로 다른 존재의 운명을 결정짓는 이런 중대한 결정을 이전엔 해본 적이 없었다. 무엇보다 비용을 듣고 또 한 번 손이 떨렸다. 수술에 필요한 이런저런 검사를 받고, 대형견이라 마취약도 더 많이 써야 하는 등등의 이유로 발치만 해도 2백만 원가량, 신경치료 쪽을 선택하면 3~4백은 우습게 나갈 예정이었다.

떨리는 손을 부여잡고 결국 발치를 선택했다. 돈도 돈이지만 씌운 부분이 떨어질까 봐 늘 조마조마해야 하고, 무척 세심하게 케어해야 하고, 무엇보다 치과를 여러 번 내원해야 한다는 말 때문이었다. 천둥이 성격에… 나는 자신이 없었다. 조금 전에도 네 명이 달라붙어 겨우 마취 주사를 앞다리에 꽂았는데, 그 와중에 너무 무서워서 항문낭을 지려버린 천둥이였다. 병원 로비와 코코오빠 신발, 하네스에 지워지지 않는 항문낭 냄새가 진동해서 죄스러운 마음 한가득. 자주 내원하는 건 꿈도 못 꿀 일이고, 혹여라도 또 병원에 갈 일이 있다면 기저귀를 채우고 가야겠다고 다짐했다. 이런 사정이니 발치하고, 깔끔한 예후를 기대하는 게 제일이었다. 정말 미안하지만, 죄책감은 갖지 않기로 했다. 한쪽 어금니가 없어도 세상 사는 데 지장 없다고 하니, 천둥아, 누나가 그만큼 더 챙겨줄게. 정말 미안해.

"3개월 할부로 해주세요."

신용카드를 거의 쓰지 않는 내가 3개월 할부란 걸 정말 오랜만에 해보며, 이 모든 게 꿈만 같았다. 반려동물 병원비는 보험 적용이 안 된다. 좀 더 정확하게는 우리 인간을 위해서처럼 국가에서 책임지는 건강보험이 없다. 우리나라에선 반려동물이 여전히 '개인의 소유물'이지 '사회의 구성원'으로는 받아들여지지 않기 때문이다. 부담 백배의 병원비와 사회 시스템의 부재, 그 간극을 메○○화재, 삼△화재 등 사보험이 메운다. 한 달에 4~6만 원(대형견 기준) 선의 다소 부담스러운 보험료 대비 그리 많지 않다는 혜택에도 오늘도 댕냥이 보호자들은 적금이냐 사보험이냐, 고민을 계속한다. 한번 병원을 찾았을 때 받을 재정적 타격을 귀동냥으로 많이 들어왔기 때문이리라.

수술은 성공적이었고, 3개월이 되어가는 지금 천둥인 거의 다 회복했다. 이제 사료를 먹으면 그쪽 이빨에 다 끼어서 매번 입에 손을 넣어 빼줘야 하긴 하지만. 매일의 양치는 일상의 고정변수가 되었고, 나는 가끔 천둥이 얼굴을 보며 '네가 또 아프면 누난 어디까지 기쁜 마음으로 해줄 수 있을까' 하고 생각한다. 행복을 느끼기에도 모자랄 지금을 흘려보내고 싶지 않아 곧 털어버리긴 하지만.

16

입마개 논란에 대한
이런저런 생각들

오늘도 어김없이 천둥이에게 하네스를 채우고 골목으로 나섰다. 엊저녁 일찍 마지막 배변을 했기에 아침에 변이 많이 마려울 터였다. 즐거운 발걸음으로, 그러나 모종의 책임감을 갖고 좁다란 골목을 따라 큰길로 나서려고 하는 순간 골목 어귀에서 웬 아저씨가 천둥일 보고 한마디 했다.

"거 입마개 채워야죠."

저 요구엔 여러 버전이 있다. 채워야 하지 않아요? 안 채워도 돼요? 등 의문형도 있고, (정말 몰라서 묻는 사람은 거의 없다. 채워야 한다는 생각이 이미 바탕에 깔려 있다.) 입마개 하세요, 같이 명령형도 있다. 반말로도 하고, 심한 경우 육두문

자까지 들을 때도 있다. (나도 몇 번 들었다.) 특히 보호자가 여성일 때 이런 일이 더 빈번하게 일어난다는 건 보호자들 사이에서는 잘 알려진 사실이다.

원인은 견종이 아닌 '그 개'

대형견 입마개 논란을 지켜보다 보면 마음이 복잡해진다. 일단 사실부터 짚고 넘어가야겠다. 대형견 입마개 관련해선 잘못된 '카더라' 정보가 하도 많아서…. 얼마 전에 어떤 이웃이 '모든 대형견에게 입마개를 채워야 하는 걸로 작년에 법이 바뀌었다'고 말해 깜짝 놀라 서울시에 전화까지 해봤다. 잘못된 정보였다. 현행법상 입마개 착용 의무는 여전히 맹견에 해당하는 5대 견종과 그 잡종견으로 한정한다. 한때 여기에 '사람을 공격해 상해를 입힐 가능성이 큰 개'까지 포함된 적이 있었다. 꼭 맹견만 개물림 사고를 일으키란 법은 없기 때문에(최근에 개물림 사고를 일으킨 건 보더콜리, 리트리버, 진도믹스 등이다.) 이런 문구를 생각해 냈겠지만 입마개 시비를 부추길 뿐이던 이 모호한 문구는('가능성'이라니!) 2018년 동물보호법을 개정하면서 없어졌다. 정리하자면, 지금은 맹견이 아닌 대형견에게 입마개를 하라고 할 근거는 없다.

지금 법이 이렇게 되어 있으니 자연스럽게 '법적으로 입마개 해야 하는 종이 아니다'라고 반박하게 된다. 그런데 말을 하면서도 어딘가 불편하다. 사실 입마개 착용 의무는 견종에 달린 것이 아니라고 생각하기 때문이다. 생각해보라, 누군가 당신에게 한국인은 이러니 너도 그렇겠구나, 남자는 이러니 너도 그렇겠구나, 하는 식으로 말하면 기분이 나쁘지 않나. 당연한 일이다. 종의 특성을 아는 게 아주 중요한 참고 사항이 될 수는 있지만, 내가 속한 '종'에 나를 가두려는 은근한 시도는 나라는 독립적인 개체에 대한 모독이라고 생각한다.

이러한 이유로 맹견은 당연히 공격성이 있을 테니 입마개를 해야 하고, 진도믹스는 입마개를 하지 않아도 된다는 논리는 이상하다. 입마개 착용 의무를 판단할 때 진정으로 참고해야 하는 정보는 견종이 아닌(맹견에 속하는 종이 가능성이 좀 더 높을 수는 있지만) '그 개'의 성격, 그리고 자라온 환경이다. 기질적으로 공격성이 있는 개인지, 그리고 보호자가 그 개를 어떻게 기르고 있는지 살펴야 한다. 개를 기르며 나는 매일 느낀다. 이 아이도 하나의 생명으로서 당연히 욕구(먹고, 자고, 싸고, 여기에 더해 뛰고 싶은! 우리나라에서 특히 마지막 욕구가 충족되지 못하는 개들이 얼마나 많던가.)가 있다는 사실을. 본래 참을성이 강하고 공격적이지 않더라도 욕구가 충족되지 않으면 개도 떼를 쓰고 신경질도 낼 수 있다. 그리고 욕구 불만의 상태는 어떤 공격성이든 만들어 낼 수 있다.

여기에 더해 이야기하고 싶은 건, 물림 사고가 일어났다면 반드시 그 당시의 상황을 짚어야 한다는 거다. 개는 분명 사람보다 본능이 더 강한 동물이지만, 그런 본능이 아무 조건 없이 발현되진 않는다. 바꿔 말하면 개의 본능이 발현되려면 뭔가 이유가 있어야 한다. 개를 기르는 사람으로서 말할 수 있는 건, 보호자와 목줄 매고 행복하게 잘 산책하던 개가 갑자기 누군가를 물진 않는다는 거다. 가령 처음 보는 사람이 '아이구 예쁘네' 하면서 머리를 쓰다듬었을 때(개의 입장에선 낯선 사람이 손으로 자기 시야를 가렸을 때), 자기가 좋아하는 것(먹이 등)을 빼앗길 것 같을 때, 위협을 느꼈을 때, 아픈 곳을 만지려고 했을 때 등…. 개가 이빨을 드러낼 때는 이유가 있다. 아, 물론 애초부터 목줄이 풀릴 일은 없어야 한다는 건 두말하면 잔소리다.

누구보다 보호자들이 원하는 것

다시 돌아가서, 맹견도 아닌 대형견에게 입마개를 하라

고 말할 수 있는 근거는 아무 데도 없다. 법적으로도. 하지만 그것 봐라, 하면서 시비를 다툴 생각은 전혀 없다. 오히려 개 물림 사고가 또 보도되었을 때 대형견 보호자들을 만나 이야길 들어보면, 누구보다도 분노하고 마음 아파하고 걱정한다. 그리고 사건을 일으킨 개의 보호자를 엄하게 처벌해야 한다고도 말한다.

무엇보다 이런 일이 일어나지 않도록 제발 근본적으로 개선해달라고 목소리 내는, 양심 있는 보호자들이 많다. 입마개는 오히려 근본적인 처방이 아니다. 사실 어떻게 보면 가장 단순하고 쉬운, 그래서 경계해야 하는 처방이다. 어떤 개가 정말 공격성이 있다면, 그 개를 단순히 입마개로 제어하는 건 튀어오르려는 용수철을 손가락으로 누르고 있는 것과 같다. 손가락이 용수철이 튀어오르는 걸 막을 수는 있겠지만, 용수철의 튀어오르는 성질 자체를 없앨 수는 없지 않은가.

심지어 원래 온순한 개가 입마개 때문에 욕구 불만 상태가 되어, 입마개가 풀린 상태에서 더욱 이상 행동을 보일 수 있다는 경고의 의견도 있다. 생각해보면 당연하다. 입마개를 하면 아무래도 물 마시고 냄새 맡는 것에 제약이 따른다. 개들은 몸에 땀샘이 없어 혀와 발바닥으로 체온을 조절하기 때문에 요즘 같은 더위에는 혀를 있는 대로 빼물고 '헥헥대야 하는데' 그걸 제대로 못하니 너무 답답해한다. 냄새 맡는 게 개들에게 얼마나 중요한 행동인지, 그리고 스트레스를 해소하는 방법인지는 조금만 자료를 찾아보면 알 수 있다. (무엇보다 코로나19 팬데믹에 마스크로 인한 불편함을 경험한 인간이, 어떻게 다른 종에게는 너무나 쉽게 '항시 입마개를 하라'고 말할 수 있나.) 모든 대형견에게 입마개를 씌우는 게 지금의 상황을 해결하는 방법이라고 생각하는 건 너무나 인간중심적이며, 무책임하고, 고민 없이 내놓는 얕은 수일 뿐이다.

그렇다면 어떻게 해야 할까. 반려인구가 폭발적으로 늘어나는 시대, 개는 이제 함께 살아가야 할 엄연한 사회 구성원이다. 단순히 동물 등록을 의무화하고 맹견 소유주의 관리 의무를 강화하는 정도에 그치지 않고 더 적극적으로 국가가 개입하면 어떨까? 사회 구성원으로 받아들이는 첫걸음은 세금을 걷는 것일 거다. 그리고 복지 제도 안에 반려인과 반려견을 편입시켜 주면 좋겠다. 개의 욕구를 인정하고, 그 욕구를 충분히 풀 수 있는 시간과 공간을 마련해주는 거다. 인간 아이를 학교에 보내지 않으면 죄를 묻듯이, 개를 충분히 산책시키고 뛰게 하지 않는 것에도 책임을 물었으면 좋겠다. 외국처럼 반려견 양육 면허증 제도를 실시하고, 당연히 개농장 등은 폐지하고, 사설 유기견 센터 등은 모두 국가가 관리하도록 바꾸면 어떨까 싶다.

상상은 자유니까 좀 더 생각을 발전시켜 보자면, 현재 개인들이 소유한 모든 개(소형견, 대형견 상관없이)를 대상으로 공격성 검사를 실시하고, 공격성이 없다고 판정받은 개들에게는 국가가 인증을 해주면 괜찮지 않을까? 핑크색 임산부 뱃지처럼, 가령 '그린독' 뱃지를 발급하는 거다. 공격성이 있다고 판단되어 입마개를 하더라도 훈련을 통해 공격성이 줄어든 것을 인증받으면 입마개를 풀 수 있게 하는 것도 생각해볼 수 있다. 물론 문제가 생겼을 때 솜방망이가 아닌 확실한 처벌을 해야 하는 건 당연하다. 무엇보다도, 개란 존재와 어떻게 더불어 살아가야 하는지 사람도 배우면 좋겠다. 우리는 다른 사람과 어떻게 더불어 살아야 하는지 학교에서 배우지 않나. 이젠 그 교육의 주제를 같은 인간에서 비인간으로도 확대할 때가 아닌가 싶다. 개를 기르든 기르지 않든 말이다. 과하다고 생각할 수도 있지만 이미 외국에선 그렇게 하고 있다.

이렇게 국가가 적극적으로 관리한다면, 특정 공간(가령 사람이 많은 광장 등)에서는 입마개를 의무적으로 하라고 한다 해도 기꺼이 따를 수 있다. 충분히 존중받는다면, 그걸 돌려주지 않을 이유가 없으니까.

최근 서울시청 광장에서 퀴어퍼레이드가 열렸다. 코로나 팬데믹 이후 3년 만의 오프라인 축제라서 많은 사람이 모였다. 대한민국의 상징인 시청 광장을 하루 동안 쟁취해 온몸으로 비를 흠뻑 맞으며 내가 여기 있다고 외쳤다. 그곳에는 퀴어만 있지 않았다. 일부든 전체든 자기 자신을 부정하고 숨기며 우리 사회에서 살아가길 강요당했던 수많은 이들이 모여 함께 비를 맞았다. 나는 마음으로 그들을 응원했다. 인간처럼 자기 자신이 아닌 척하며 살아갈 수도 없는 대형견의 보호자로서.

이해하다

너도 나랑 같이
출근하고 싶을까?

17

앞집 마당의 개를 보며

천둥일 기르며 난 참 많이 변했다. 없던 습관도 생겼다. 그중 하나가 다른 집 마당의 개를 물끄러미 바라보게 된 것이다. 낮은 빌라가 빼곡한 서울의 우리 동네엔 단독 주택도 종종 있다. 그리고 그런 집 마당엔 거의 항상 개가 있다. 예전엔 그런 개들을 봐도 '아, 마당에 개를 기르는군' '마당에 사니 넓고 얼마나 좋아, 운이 좋은 개군' 정도로만 생각하고 지나갔었다. 그런데 천둥이를 기르면서부터 마당에 사는 개들의 삶을 여러 각도로 보게 된다.

누가 민폐견을 만들어 내는가

지금 사는 집의 앞집도 단독 주택이다. 부엌에서 창문을 열고 요리하다 보면 앞집 마당이 들여다보인다. 작은 골목 하나만을 사이에 두고 있어 2층인 우리 집에서는 그 집 마당이 꽤 잘 보인다. 거기에 가을 갈대처럼 풍성한 갈색 꼬리를 가진 진돗개가 한 마리 있다.

개 이름은 모른다. 없진 않겠지만, 보호자가 불러주는 걸 들은 적이 없다. 자동차 한 대 겨우 세울 정도 넓이의 마당을 울타리를 세워 반으로 갈랐는데, 개는 그 안쪽 절반 공간 한 편의 나무집에 사슬로 묶여 있다. 지름 2미터 정도가 그가 움직일 수 있는 전부다. 마당에서만이라도 자유롭게 풀어놓고 기르는 개가 아닌 것이다. 택배기사 등 낯선 이가 현관에 다가오면 경계하며 월월월 짖는 모습을 보아, 묶어두지 않으면 현관까지 뛰어나가서 외부인을 위협할 것이라 여겼을 것 같다. 사람들은 그를 '사나운 개'라고 여길 것이고, 동네 시끄럽다고 욕할 것이다.

하지만 개의 특성을 좀 더 깊이 알게 된 후, 난 그 개를 그렇게 '만든' 책임이 누구에게 있는지 묻게 되었다. 본래 개란 생물이 그런 면이 있기도 하지만, 그중에서도 진돗개는 영역 주장이 꽤나 확실한 종이라 저렇게 마당에 계속 두면 마당을 자기가 지켜야 할 '자기 영역'으로 생각하는 게 당연하다. 특성을 무시한 채(아니, 오히려 너무 잘 알아서 둔 것일까.) 저렇게 방치해버리면 개는 밤낮을 가리지 않고, 심지어 새벽 배송이 이루어지는 꼭두새벽에도 짖어대는 민폐견이 되어버린다. 이미 그 개가 그렇다.

이사 온 뒤 한동안 그 개 때문에 잠을 설쳤다. 신경이 곤두선 채로 오전 시간을 보낸 게 한두 번이 아니다. 하지만 '네가 무슨 죄겠니, 넌 생긴 대로 사는 것일 뿐인데' 싶어 민원은 넣지 않았다. 민원을 넣는다고 해서 그 집 할머니가 개를 집에 들일 것 같지도 않고, 오히려 짖음 방지 목걸이(짖으면 개의 목에 초음파나 전기를 통하게 하는 것)를 채우거나 더 심각한 경우 개를 어디 줘버리는 일이 있지 않을까 해서다. 다행히 주변 이웃들도 참아가며 사나 보다.

마당에 산다고 산책을 안 나간다고요?

외부인을 경계하는 것 외에, 그의 일상은 단조롭기 그지없다. 가끔 할머니가 나와서 밥을 주고 들어가지만 그뿐이다. 누구도 놀아주지 않는다. 아들처럼 보이는 젊은 남자가 가끔 아는 체하며 쓰다듬으면 개는 기쁨에 넘쳐 온몸이 흔들릴 정도로 꼬리를 친다. 꼬리가 힘찬 진자 운동을 채 멈추기도 전에 남자는 외출하거나 집에 도로 쏙 들어가 버린다. 남겨진 개는 그가 사라진 곳을 한참 동안 쳐다본다. 그 집 사람들은 그 사실을 알까.

누구도 그 개를 산책시킬 생각조차 하지 않는다. 마당에 놓고 기르는 개인데 무슨 산책, 이라고 생각하는 것 같다. 예전의 내 모습을 보는 것 같아 마음이 아프다. 천둥인 존재 그 자체로 나의 무지를 일깨워 주었다. 이제 난 안다. 마당에 산다고 해서 산책 나갈 필요가 없는 게 절대 아니다. 산책은 개에게 오감으로 세상과 만나 교감하고, 사회 속에서 자신의 자리와 그에 걸맞는 태도를 배울 수 있는 아주 중요한 시간이다. 또한 개에게 산책은 냄새 맡고 몸을 움직여 스트레스를 푸는 시간이다. 때론 강도 높은 산책(운동)도 이루어져야 한다. 마당에서 개는 혼자 놀고, 혼자 운동하지 않는다. 활화산 같은 에너지가 쌓여 간다. 문제견이 탄생하는 배경이다.

얼마 전 〈개는 훌륭하다〉 프로그램에 딱 그 사례가 나왔다. 어린 도베르만(어리다고는 하지만, 5~6개월만 되어도 25~30킬로그램에 육박한다.)을 도시에서 기르다 전원주택의

로망을 실현해 시골로 내려간 보호자가 짖음과 공격성, 마당 훼손(땅파기) 등으로 의뢰한 사례였다. 땅을 판다고? 고개가 갸웃거려질 수 있는데, 보면 정말 어마어마하게 깊게도 파 놓았다. 강형욱 훈련사가 진단한 여러 이유 중에, 마당이 생겼으니 개가 이제 행복할 거라 생각하고 산책(운동)을 충분히 시키지 않는다는 게 있었다. 몇 개월 된 강아지는 그야말로 '에너지 덩어리' 그 자체다. 중학생 정도의 남자아이를 떠올리면 된다. 남아도는 힘이 배출구를 찾지 못하면? 어린 도베르만 도찌가 그토록 땅을 파댄 건 남은 선택지가 그것밖에 없어서였다. 그는 땅을 파고 또 팠다. 그 큰 앞발로, 슬픈 굴삭기처럼.

앞집 개는 팔 땅도 없다. 시멘트로 다 발라버렸기 때문이다. 그래서 그는 주로 하늘을 물끄러미 바라보거나 잠을 잔다. 개를 기르기 전엔 으레 개가 저렇게 하늘을 보는 걸 좋아하거나 잠이 유난히 많은 동물인 줄 알았다. 개가 저렇게 오랫동안 자는 이유는, 자는 것 말고는 달리 할 일이 없기 때문이란 걸 몰랐다. 365일 곱하기 24시간. 일 년이면 8,700여 시간. 수명만큼 산다면 거기에 또 곱하기 수명. 그 긴 시간 동안 개는 바깥세상을 궁금해할 필요 없는 '수면 상태'로 들어가

기를 선택했다는 걸, 그 선택 아닌 선택을 했다는 걸 몰랐다. 눈앞에 보이는 것만을 사실일 거라 믿는 인간은 얼마나 어리석은지….

할머니에게는 요크셔테리어로 보이는 작은 강아지가 한 마리 더 있는데, 그 개는 집 안에서 산다. 그 개도 역시 산책을 나오진 않는다. 그 집이 세상의 전부인 줄 알고 햇볕의 따스함도 잘 모른 채 살아가는 작은 개와, 푸른 가을 하늘 아래 멀리서 보호자를 바라만 보는 진돗개…. 둘 중 누가 더 불행한 건지 모르겠다.

그렇게 '더러운 개'가 되어간다

산책을 나오지 않으니 그 개는 마당에서 볼일을 본다. 심지어 묶여 있으니 말 다 했다. 얼마 전 주말 아침, 창문 밖에서 나지막이 낑낑거리는 소리가 나길래 내다봤다. 앞집 개가 목줄에 묶여서 어딘가에 닿으려 애쓰고 있었다. 돌로 경계 지어진 10센티미터 정도 높은 화단이었는데, 가뜩이나 2미터밖에 되지 않는 짧은 목줄이라 단을 높인 화단의 흙에 발이 닿는 건 그냥 불가능한 일이었다. 개는 낑낑거리며 그 너머를 기웃기웃, 급기야 소용없는 줄도 모르고 시멘트 바닥을 발톱으로 파보다가 포기한다. 그러더니 목줄이 허락하는 한에서 단 위에 아슬아슬하게 올라가 엉덩이를 힘껏 반대로(자기 집에서 멀게끔) 향하고 대소변을 눈다. 배설의 기쁨으로 눈은 가늘어지고 꼬리가 바르르 떨렸다. 그러나 기쁨도 잠시, 개는 난처해졌다. 약간의 경사 때문에 소변이 줄줄 흘러 밥그릇 근처까지 닿았던 것이다. 꽤 오래 참았던 모양인지 소변이 강물을 이루었다. 대변도 데굴데굴 굴러 밥그릇 근처에 닿았다. 최대한 자는 자리, 먹는 자리와 배설의 자리를 구분해보려 그 나름 최대한 애썼지만 소용이 없다. 단에서 내려온 개는 계속 밥그릇 근처를 맴돌며 냄새를 맡았다. 무심한 표정이 지극히 슬퍼 보일 수 있단 걸, 나는 그때 처음 알았다. 인간 아이라면 악이라도 쓰며 울겠지만 개는 그런 표현조차 하지 않는다. 단지 그는 포기와 좌절을 배운다. 수많은 개가 그렇게 무기력함을 익혀간다….

이제 개는 할머니가 물을 뿌려 치워주기를 이제나저제나 기다리며, 바로 거기에서 쉬어야 한다. 그렇게 그는 '더러운 개'가 되어간다. 그를 보는 사람들은 '개는 역시'라고 생각한다. 그러나 그를 더러운 개로 만든 건 누구인가? 강형욱 훈련사는 자기 가정을 아끼고, 패밀리십이 강한 개일수록 심지어 마당에다가 소변도 보지 않는다고 말한 적 있다. 저 개가 가족에게 품은 사랑을 누가 짓밟은 걸까.

천둥이라면 어땠을까 생각해본다. 천둥인 진돗개 특유의 깔끔함이 하늘을 찌르는 개다. 전봇대에 소변을 누다가도 소변이 자기 발 쪽으로 흐를 것 같으면 귀신같이 알아채고 나오던 오줌발도 끊고 냉큼 자리를 뜰 정도다. 남의 대변과 소변을 절대 밟지 않고, 혹시라도 밟으면 질색팔색하며 허둥거린다. 늘상 자기 몸을 핥아 소독하며, 늘 가장 깨끗하고 보송한 자리에 가서 눕는다. 꼭 천둥이가 아니더라도, 개는 원래 더러운 동물이 아니다. 깨끗한 걸 좋아하는 동물이다. 잠자리와 화장실을 구분하길 원하고, 식사하는 곳도 당연히 그렇다. 잠자는 곳에서, 밥 먹는 곳에서 자기 변 냄새가 나는 걸 원하지 않는다는 말이다.

밥 먹을 때, 잠잘 때 자기 변 냄새를 맡아야 하는 앞집 개를 종종 생각한다. 자기 똥과 오줌 냄새를 인간보다 1만 배는 예민하다는 후각으로 맡으면서 평생 살아야 하는 개를. 할머니는 자기가 기르는 개에게 저런 형벌을 주고 있단 걸 알고 계실까.

덧. 얼마 전 동네에 펫샵이 생겼다. 손바닥 위에 올라 앉을 수도 있을 것처럼 가냘픈 강아지들이 사과 박스보다 작은 투명 유리장 속에 갇혀 이리저리 방향만 바꾸고 있었다. (돌아다닌다고 표현하고 싶지 않다.) 각각의 장 바닥에 아기들 누빔 이불 같은 것이 깔려 있었는데, 강아지들은 그 위에 볼일을 보고, 거기서 잠을 자고, 거기에 뿌려지는 사료를 먹었다. 나는… 차마 그 광경을 눈 뜨고 볼 수 없어 그만 집으로 와버리고 말았다.

18

대형견과 월세살이

서른 중반의 독립은 뭐랄까, 표면 장력 같은 것이다. 어느 순간 난 엄마와 내가 한 공간에서 영원히 같이 살 수는 없다는 아주 단순한 진리를 깨달았다. 미루고 미루던 때가 왔다는 걸 직감적으로 알았다. 그래서 난 독립을 결정했다. 그런데 홀몸이 아니었다. 바쁘신 아버지, 이젠 나이가 들어 집안일도 건사하기 어려워하는 어머니에게 천둥일 맡기고 나올 순 없었기에.

독립 일주일 만에 찾아온 대혼란

난 천둥이를 데리고 길 건너 주택가로 독립했다. 걸어서

15분 거리. 독립이라고 이름 붙이기 민망하긴 했지만, 그래도 독립은 독립이었다. 천둥이와 나의 삶은 크게 달라졌다. 뭐니 뭐니 해도 '집주인'의 존재가 가장 컸다. 집주인은 거의 팔순이 다 된 노부부였다. 깍듯한 분들이었지만, 타인의 집을 바탕으로 쌓아 올린 일상에는 무엇인지 모를 불안이 늘 드리워져 있었다.

불안의 실체를 알게 된 건, 이사한 지 얼마 되지 않아 찾아온 본격적인 여름 때문이었다. 웬만하면 벌레와 공생해야 한다고 생각하는 나조차도 환영하지 않는 불청객, 모기가 출몰하기 시작했다. 한강 주변이라 모기가 많다고 했다. 그런데, 많아도 너무 많았다. 현관 몇 번 들락날락해서 들어오는 수준이 아니었다.

이틀 밤을 설쳐 빨개진 눈이 창문의 모기장을 향했다. 이 집이 상당히 낡았단 사실을 어렵지 않게 짐작할 수 있는 단서가 꽤 있는데(가령 1998년에 적합 판정을 받은 빛바랜 바닐라색 두꺼비집이든가), 먼지와 때가 엉겨 붙어 끈끈해진 나무 창문과 창문틀이 그중 하나다. 초등학교 때 국토순례 캠프 가서 하룻밤 묵었던 시골 폐교에서 이런 창틀과 창문을 봤던 기억이 난다. 공기 네 알을 한 번에 잡으려 바닥을 휩쓸

다가 손톱이 끼여 비명을 지르게 되는 나무 바닥과 함께. 이 낡은 창문들과, 창문만큼이나 낡은 모기장이 이제 제 역할을 하지 못할 거라는 건 코코오빠와 나의 합리적인 의심이었다.

주인에게 연락하기로 했다. 돈 들어가는 일인데, 혹여나 귀찮아하진 않을까…. 하지만 눈치 볼 상황이 아니었다. 전화를 드렸다. 다행히 '빠른 시일 내 조치를 취해주겠다'는 답변을 받았다. 일시를 특정하진 않았지만. 세입자의 불편을 하루라도 빨리 해결해주려는 주인의 의지에 감사를…. 그런데 문제는 여기서부터였다. 주인의 액션이 빨라도 너무 빨랐던 것이다.

새벽 5시에 잠드는 게 일상인 코코오빠는 말할 것도 없거니와, 원고를 붙들고 씨름하느라 12시는 가볍게 넘기는 나에게도 아침 8시는 꼭두새벽이다. 주인 아주머니가 아저씨 둘을 데리고 들이닥친 게 바로 그 시각이었다.

— 쿵쿵쿵쿵

— 쿵쿵쿵쿵쿵쿵

현관문 두드리는 소리에 에브리바디 혼비백산, 대혼란이 펼쳐졌다. 난데없는 '침입자'에 놀라 털을 바짝 세우고 온몸으로 컹컹 짖는 천둥이를 질질 끌어 작은 방에 가뒀지만, 좀체 진정되지 않았다. 문제의 안방 창문 모기장을 점검하기 위해 코코오빠는 온기가 채 가시지도 않은 이불을 걷느라 허둥지둥, 나는 물고기처럼 팔딱이는 천둥이를 껴안고 진정시키느라 허둥지둥…. 2시간처럼 느껴진 20분이 지나고, 아주머니 무리는 모기장이 창틀과 아귀가 맞지 않게 닫혀 있었다는 말과 양초 한 자루를 남기고 번개처럼 사라졌다. 이사 온 지 일주일째 되는 아침이었다.

개에겐 두 마음이 없다

그날 이후 천둥인 주인 아주머니를 별로 달가워하지 않는다. 어느 날은 산책 가려고 건물을 나섰는데, 산책에서 돌아오는 아주머니와 그 집 개(말티즈보다도 작은 개를 기른다.)와 마주쳤다. 천둥인 아주머니를 보고 낮게 '으르르'하며 경계했고 그 집 개는 천둥이 덩치를 보며 '으르르'했다. 아주머니는 '아이구, 덩치 큰 개라 무섭네'라고 중얼거리며 황급히 자리를 피하셨고, 난 천둥이에게도, 아주머니에게도 뭐라고 말할 수 없었다.

사실 천둥이의 반응은 솔직하다. 나나 코코오빠는 아주

머니가 불편을 빨리 해결해주려고 그랬던 걸 거야, 라며 애써 좋게 생각하려 하지만, 미리 이야기하지도 않고 그 이른 아침에 방문하는 건 솔직히 싫다. 하지만 그걸 소리 내어 말할 순 없다. 아주머니를 만나면 또 깍듯하게 인사를 하고 지나치겠지. 그런 게 인간의 사회생활이고, 알아서 봐야 하는 눈치니까.

개는 다르다. 개는 싫은데 좋다고 하거나, 좋은데 싫다고 하지 않는다. 좋으면 좋다고 하고, 싫으면 싫다고 한다. 간식 하나 더 얻어먹으려고 하기 싫어도 앞발을 내밀긴 하지만("손!") 감정을 뒤바꾸어 표현하진 않는다. 복잡하거나 꼬인 게 없다.

가끔 천둥이처럼 솔직하게 사는 꿈을 꾼다. 좋은 건 좋고 싫은 건 싫다고 정확히 이야기할 수 있는 관계를. 눈치 안 보고 내 맘대로 속 시원히 내뱉으며 살겠단 뜻이 아니다. 기본적으로 솔직함 위에 더 건강한, 더 멋진 관계가 세워지리라 생각하기 때문이다. 왜곡 없이 서로의 마음을 받아들이면 이해의 폭은 그만큼 넓어지고 세상은 조금 더 살기 좋은, 재미난 곳이 되지 않을까 하는 생각이다.

시어머니와 며느리만큼이나 '불편한 관계'의 대명사인

집주인과 세입자 간에도 그런 관계는 가능할까. 아주머니, 저희 안 불편하도록 빨리 해결해주려 하신 것 정말 감사합니다. 하지만 연락도 없이 그렇게 일찍 오신 건 싫었어요, 라고 말하면 우리의 관계는 어떻게 될까? 상상해본다.

보통 전월세의 기본 계약은 2년. 절반이 지났으니 내년 이맘때 즈음엔 새로 집을 구해야 한다. 인간 둘, 대형견 둘이 함께 살 집을 구하기가 얼마나 어려울지… 벌써부터 골이 아파온다. 안 그래도 부동산 매물이 씨가 마른 이 시점에. 강아지 프렌들리한 부동산 하나를 잡아서 몇 개월을 두고 천천히 알아봐야겠다. 내년에 만나는 집주인과는 서로 '개처럼 솔직'해질 수 있으려나.

천둥아,
우리 합창단 갈래?

Scales and Arpeggios (스케일과 아르페지오)
from the film The Aristocats
♩=100
mf
S/A
도미솔도도솔미도
고양이는음악도늘 안 지 요
T/B
mf

새로 생긴 동네 합창단에 오픈 데이가 있다고 해서 신청했다. 하루 객원으로 참가해 함께 노래 부르기로. 예전에 성가대 활동을 오래 했었는데, 서로 노력해 화음을 맞춰가던 그 기억이 참 좋아서 언젠가 기회 되면 다시 한 번 느끼고 싶다 벼르던 차였다. 그런 내게 오픈 데이는 너무 좋은 기회였다!

문제는 평일 저녁 8시라는 시간. 천둥이 산책 시간과 딱 겹친다. 에잇, 하룬데. 그냥 엄마 집에 데려다 놓고 다녀올까. 고민하다가 뭔가 서러운 듯한 천둥이 표정을 보니 마음이 짠했다. 물끄러미 내 쪽을 바라보는 천둥이와 눈이 마주쳤다. 나도 모르게 입에서 이런 말이 나와버렸다. "둥아, 누나랑 같이 합창단 갈까?"

천둥이, 합창단에 초대받다

그 사람 많은 자리에, 그것도 몇몇은 동네에서 얼굴 한 두 번 본 게 다인데 천둥일 데려가도 되냐고 물어보는 건 내 쪽에서도 도전이었다. 그나마 모임 장소인 당인리 교회 지하 예배당에 한 번 가본 적이 있어 용기가 났다. 신발 신고 들어가는 넓은 곳…. 공간마저 생소했으면 아마 시도조차 안 했을 거다.

초대자인 '반짝'에게 천둥이랑 같이 가도 되냐고 문자 보내는 날 보며, 코코오빠는 고개를 절레절레 흔들었다. (호기심 덩어리인 코코는 한자리에 가만히 있질 못하고 새로운 사람을 보면 너무 좋아서 잔뜩 흥분하기 때문에, 코코오빤 이런 자리에 코코를 데려가도 되냐고 물어볼 생각 따위는 아예 하질 않는다. 때문에 그의 삶에 인간들과의 각종 저녁 모임은 거의 사라졌다.) 하지만 난 굴하지 않고 문자를 날렸다. 일단 물어보고, 안 되면 혼자 가지 뭐!

두근두근. 저녁 먹으며 기다리는데 답장이 왔다.

— 참가자들에게 여쭤봤는데, 특별히 알러지 있거나 무섭다고 의견을 주신 분은 아직 없었어요. 7시 10분까지 의견 받는다고 했으니 기다려주실래요?

이얏호! 이 정도면 매우 긍정적인 답변이다. 분위기를 귀신같이 알아채고 문 앞에서 이미 눈을 반짝이고 있는 천둥이를 워워 달래다가, '모모, 천둥이랑 같이 오세요!' 확정 답장을 받자마자 총알처럼 집을 나섰다. 평소와 다른 코스, 처음 가는 길 냄새에 잔뜩 신이 난 천둥이의 꼬리가 클라이막스에 다다른 오케스트라 지휘자의 팔처럼 힘차게 흔들렸다.

집에서 걸어서 거의 50분 거리. '입막음용' 강아지 간식도 사고, 요리조리 골목길을 통과해서 드디어 목적지에 도착했다. 기존 단원 '스카'가 피아노 옆에서 아아아- 목을 풀고 있다가 천둥일 보고 환하게 웃어주었다. 다른 사람들은 아직 안 온 듯. 미리 공간에 적응시키려고 천둥일 데리고 건물 주변을 가볍게 한 번 돈 뒤, 지하부터 1층까지 오르내리고 마당에 앉아 십여 분 기다렸다. 새로운 공간에 갔을 때 개를 먼저 적응시키는 건 매우 중요하다. 일례로 요즘 난 다니던 동물병원을 바꾸려고 일주일에 한 번씩 새 병원에 일부러 들러 천둥이에게 간식을 준다. 이걸 거의 두 달 이상 하고 있다. 물론 병원은 좀 더 특별한 경우긴 하지만, 공간 적응이 그 정도로 중요하단 뜻이다.

아담한 단독 주택 분위기가 마음에 든 듯, 두리번거리던 천둥인 이내 배를 깔고 엎드렸다. 편안해 보였다. 좋아, 그럼 이제 내려가 볼까, 천둥아?

개가 인간 모임을 대하는 모습

단원들이 속속 도착했다. 만들어진 지 얼마 안 된 신생 합창단이라, 기존 단원 수와 오픈 데이로 온 객원 수가 비슷한 상황. 어색하고 뻘쭘한 만큼 호기심과 기대 또한 빵빵하게 부풀어 오른 첫 자리, 인간들끼리는 서먹해도 다들 털뭉치에게는 마음의 장벽이 우르르 허물어져 내렸다. 천둥이가 모두에게 격하게 환영받았다는 뜻. 대형견이 무섭거나 알러지 있는 사람이 있냐는 반짝의 사전 질문에 '없어요~'라고 답을 보내고선 '제발 없어라, 아무도 없어라' 하고 기도했다는 반주자님 말씀에 웃음이 나면서도 새삼 고마웠다. 천둥인 한 명 한 명과 눈을 맞추고 다리마다 슥슥 몸을 비비더니 내 옆에 와서 기대앉았다. 원래도 차분한 성격이라 믿고 데

려온 것이긴 하지만, 생각보다 더 차분한 모습에 다들 감탄했다. 자리는 일부러 문에서 제일 가까운 자리로 잡았다. 혹시라도 천둥이가 갑갑해하면 나갔다 들어오려는 생각으로.

지휘자가 오시고, 반주자가 피아노 앞에 앉고, 객원들의 파트를 나눈 뒤 연습이 시작됐다. 예전에 성가대 활동을 할 땐 알토 파트를 맡았는데, 오늘은 소프라노가 별로 없어서 소프라노로 배정됐다. 심지어 클라이막스를 장식할 '초고음' 소프라노를 한번 해보지 않겠냐는 반짝의 은근한 제안에 즐겁게 휘말려 '높은 파'까지 찍어야 했다. (노래하는 사람에게 몸은 하나의 악기인데, 악기가 많이 상했단 걸 절감했다. 크흑.)

천둥인 연습 내내 얌전히 엎드려서 졸다가, 처음으로 고음을 제대로 낸 내게 박수와 환호가 쏟아지자 그 소리에 놀라 벌떡 일어나서 컹컹 짖었다. 순간 간이 철렁! 이름처럼 우렁찬 이 목소리에 다들 안 무서워하실까…? 대형견 보호자 3년에 길러진 눈치 백 단으로 조심스럽게 주위를 살폈다. 하지만 걱정은 기우였다. 컹컹 짖으면서도 살래살래 흔들리는 꼬리, 어리둥절한 천둥이 표정에 오히려 다들 웃음이 터진 얼굴이었다. 천둥아, 괜찮아!

천둥이는 몇 번 쓰다듬고 간식을 주니 조용해졌다가,

"자, 이제 한 번만 불러보고 오늘 연습 마칩시다. 마지막엔 다 같이 일어나서 부르는 게 어떨까요?"라는 지휘자님 제안에 따라 단원들이 전부 자리에서 우르르 일어서자 또 '무슨 일이야, 무슨 일!' 하듯 벌떡 일어나서 컹컹 짖었다. 한 손엔 악보를 들고, 다른 한 손으로 천둥이 입에 간식을 물리면서 무사히 노래를 마쳤다. 다음을 기약하며 아쉬운 마음으로 헤어진 단톡방엔 천둥이의 짧은 두 번의 컹컹 소리가 같이 녹음된 녹음파일이 올라왔다.

— 1:26에 천둥이 합류하는 부분이 킬링포인트입니다. 천둥이 깨끗한 목소리 좋네요. 다들 즐감하시길.

하루치 사랑을 잔뜩 받은 천둥인 만족스럽게 코 골며 잠들었다. 이 지면을 빌어 그 자리에 계셨던 모든 분께 다시 한 번 감사드린다. 다정한 마음을 한껏 느낀 자리였다. 천둥이의 큰 목청에 눈살 찌푸리기는커녕 이 비인간 동물이 무슨 말을 하고 싶은지 귀 기울이고자 하는 마음들이 모여, 우린 그 자리에 편안하게 함께할 수 있었다. 2시간 가까이 노래라는 것을 부르는, 지극히 인간 위주의 활동을 천둥이가 지겨

워하지 않을까도 걱정했는데, (카페에서도 처음엔 매우 얌전하다가 1시간 반 정도가 지나면 나가자고 은근히 몸을 비벼 오는 녀석이다.) 천둥이에게도 매우 자유롭진 않지만 또 너무 딱딱한 자리도 아니었기에 끝까지 함께 있을 수 있었다.

앞으로도 나의 위시리스트는 남아 있다. 책 모임, 복싱, 요가…. 헤쳐 나가야 할 게 산더미겠지만. 천둥아, 어때? 우리 또 도전해 볼까?

20

대중교통, 그 높은 허들

어느 날 오후였다. 코코오빠의 표정이 복잡했다.

"무슨 일 있어?"

사정은 이러했다. 코코 데리고 산책을 나갔는데, 한참 잘 가다가 갑자기 화장실이 몹시 가고 싶어진 것이다. 근처에 아는 가게도 없고, 참고 집까지 돌아가기엔 너무 멀리 와버렸고… 고민하는데 눈앞에 공원 공중화장실이 보이더란다. 코코를 밖에 혼자 묶어두자니 불안하고, 남자 화장실 안엔 사람이 없는 것 같아 같이 뛰어 들어가 제일 안쪽 구석 화장실에서 볼일을 보고 후다닥 나왔단다. 그런데 뒤통수에 들려오는 소리…!

"여기 개 데리고 들어오면 안 돼요."

청소 아주머니였다. 코코오빠는 이해가 되질 않아 되물었다고 한다.

"데리고 들어가지 말라는 표시가 없는데요… 더군다나 아무도 없는 것 같아 얼른 데리고 다녀왔어요. 누구도 마주치지 않았고요. 왜 안 된다고 하시는 건가요?"

반박할 거리를 찾지 못한 표정이던 아주머니는 겨우 한마디 하셨단다.

"…제가 개 알러지가 있어요."

"…?"

순간 복잡한 심경이 되어 욱할 뻔한 코코오빠. 아주머니와 실랑이 해봤자 소용도 없고 답답하기만 할 테니 그대로 발길을 돌려 집으로 돌아왔다고. 사회적인 약속이 부재한 자리, 왜 얼굴 붉히는 건 그 안에서 함께 살아가는 사람들의 몫인가… 코코오빠는 복잡한 표정으로 맥주캔을 따고 한숨을 내쉬었다.

우리나라에서 반려견을 동반해 입장할 수 있는 사회 시설은 매우 한정적이다. 공중화장실처럼 가장 기본적인 생리 욕구를 해결하는 곳이 이런데, 대중교통, 도서관 등은 더 볼 것도 없다.

개, 특히 대형견을 데리고 길을 나서는 순간부터 보호자는 시민으로서 당연하게 누려왔던 것들로부터 배제될 각오를 해야 한다. 버스 탑승하는 것부터 쉽지 않다. 버스회사마다 다르지만 대체로 '이동장 안에 넣은' 상태의 '작은 개'만 탑승을 허용한다. 대형견은? '작은 개'에서 이미 걸리지만 '이동장 안에 넣은'도 타지 말란 소리긴 마찬가지다. 천둥이는 약 26킬로그램, (흔히 아는 리트리버종은 30킬로그램 정도는 우습게 넘긴다.) 그런 천둥이가 들어가 편안하게 있을 수 있을 정도의 대형켄넬(이동장)이 약 15킬로그램이다. 합쳐서 41킬로그램. 대형견이 들어앉은 켄넬을 들고 버스를 타는 건 아무리 허리가 튼튼하더라도 보호자 쪽에서 손사래를 칠 것이다. 시외나 고속버스의 경우 켄넬 채로 짐칸에 넣으라고 하는 경우도 있다는데, 큰일 날 소리다. 추위나 더위는 고사하더라도 어둡고 밀폐된, 엔진 소리가 바로 옆에서 들리는 그 공간에서, 인간은 얼마나 오래 견딜 수 있을까? 이런 이야길 들을 때마다 옛날 제국주의 나라들이 흑인을 노예로 팔기 위해 잡아다 태운 갤리선의 참혹한 환경이 떠오른다.

지하철이나 기차도 마찬가지다. 소형견은 캔넬 혹은 강아지 유모차 등에 넣어 태우고 가는 경우를 아주 가끔 보긴 했다. 하지만 그 또한 쉬운 일은 절대 아니다. 나처럼 강북에 사는 친한 지인은 개가 아파서 한동안 강남까지 통원 치료를 다녔는데, 개모차를 끌고 지하철역을 헤매면서 왜 장애인들이 이동권 투쟁을 하는지 너무나 절실하게 깨달았다고 한다. (심지어 그 개는 작은 갈색 푸들이다.) 대형견이든 소형견이든 입마개도 하지 않고 하네스만 잘하면 개도 요금을 내고 당당히 승차할 수 있는 독일 같은 곳이 부럽다. 물론 사회화 교육이 잘 되었다는 전제 하에서 말이다.

천둥이를 데리고 맨날 동네만 돌아다니니 왜 아기 엄마들이 그렇게 답답해하는지 이해가 됐다. 이런 일을 몇 년 겪으니 너무 억울하고 답답해서 차라리 확 차를 사버릴까 싶기도 했다. 예약도 어렵고 비싼 펫택시를 매번 탈 수도 없고, 쏘카 등 공유 차량을 빌려 타는 것에도 한계가 있다. 하지만 차를 살 여력이 안 되면? 운전을 잘 못하는 보호자는? 내 이야기다. 산책시킬 때만 탈 건데 유지비가 부담스럽고, 운전도 능숙한 편이 아니다. 결국 꿈은 잠시, 다시 생활반경은 '걸어서 갈 수 있는 거리'로 급격히 쪼그라든다. 개는 그렇게 살 수 있다 치더라도 사람에겐 몹시 답답한 일이다. 사회활동을 비롯해 포기해야 할 것들이 너무나 많다보니, 관련 제도와 정책이 부족한 현실이 아쉬울 따름이다. 반려동물이 이 사회의 구성원이 될 날이 오긴 오려나…. 올 거라 믿고 싶다.

21

품는 쪽으로
생각할 순 없을까요?

걱정은 오로지 나의 몫

자료조사차 집 앞 도서관을 자주 이용하는데, 도서관 가는 길은 천둥이가 가장 좋아하는 산책 루트 중 하나다. 문제는 도서관에 도착해서다. 찜찜하지만 매번 천둥일 건물 바깥에 묶어두고 혼자 들어갈 수밖에 없다. 주로 잘 보이지 않는 구석진 자리 벤치에 천둥일 묶어두고 헐레벌떡 뛰어갔다 온다.

천둥인 배를 깔고 엎드려서 느긋하게 그 시간을 즐기지만, 나는 그럴 수가 없다. 혹시 잘 보이는 곳에 묶어 뒀다가 무섭다고 항의를 받을 수도 있고, 그렇다고 잘 보이지 않는 곳에 두면 그것 나름대로 걱정이다. 혹시나 개를 잘 모르는 사람이 발견하고 '어머나 예쁘다' 하면서 머리를 쓰다듬었다가 사고라도 난다면? (처음 보는 사람이 개의 머리를 쓰다듬는 게 얼마나 개에게 위협적인 행동인지는 앞서 이야기한 바 있다. 문제가 일어난 적은 한 번도 없었지만, 천둥이도 낯선 사람이 자기 머리를 쓰다듬는 걸 별로 좋아하지 않는다.) CCTV도 없으니 상황이 어떤지 확인할 길도 없다.

보호자로서는 혹시나 그 사이에 개를 싫어하는 사람이 해코지하지는 않을까 하는 생각까지 드는 게 사실이다. 실제로 그런 일이 일어날 가능성은 낮겠지만, 가끔 보도되는 동물 혐오 뉴스를 보면 등골이 오싹해진다. 사료에 유리 조각이나 약을 타서 던진다거나…. 둔감한 건지 순진한 건지 세상의 좋은 면을 더 많이 보는(보려는) 나나 천둥일 혼자 두고 볼일을 보지, 조심성 많은 코코오빠는 죽었다 깨어나도 코코를 혼자 두고 건물에 들어가 볼일을 보지 않는다. 하긴 나도 인간 아기라면 절대 그렇게 하지 않을 것이다.

가끔은 옆 벤치에 앉아계시는 분들에게 부탁하기도 한다.

"저, 혹시 큰 개 무서워하세요? (절레절레) 아, 그럼 여기 10분 정도 더 계실 예정이면, 죄송합니다만 이 개를 좀 지켜

봐 주실 수 있을까요? 만지지는 마시고, 그냥 이렇게 옆에서 눈으로 지켜만 봐주시면 되어요. 정말 감사합니다."

대부분 흔쾌히 그렇게 해준다. 짧은 10분, 보호자 마음엔 폭풍이 휘몰아치지만 후다닥 달려왔을 때 풍경은 그리도 평화로울 수가 없다. 졸린 눈을 하고 하품하며 볕을 쬐는 천둥이, 그리고 조용히 책을 읽거나 할 일을 하며 흘깃흘깃 천둥이에게 미소를 지어주시는 감사한 분. 이 자리를 빌어 다시 한번 감사드려요. 그런 작은 도움이 제게 얼마나 소중한지 모르실 거예요….

원하는 건 단지 공감과 배려, 그리고 다정한 포용

그런가 하면 같이 갈 수 있지만 내가 자발적으로 안 데려가는 곳도 있다. 가령, 경기도 스타필드 같은 대형쇼핑몰은 대형견도 입장 가능하지만 난 천둥이를 그곳에 데려가지 않는다. 데려가는 게 순전히 내 욕심이라고 생각해서다. 그런 곳을 아주 좋아하는 경우도 간혹 있겠지만, 기본적으로 사람 많고 개도 많고 시끄럽고 북적이는 건 개들에게 그리 좋은 환경은 아니다. 무엇보다 내가 주목했던 건 미끄러운 바닥이었다. 전에 (천둥이 없이) 구경차 스타필드에 간 적이 있었는데, 천둥이 덩치의 대형견이 미끄러운 바닥이 무서워 발톱을 잔뜩 세우고 벌벌 떠는 걸 보호자가 난감해하며 질질 끌고 가는 모습을 봤다. 나는 동물훈련사가 아니지만, 천장이 비칠 정도로 맨들맨들 윤기 나는 바닥을 개들이 썩 좋아하지 않는다는 것 정도는 안다.

이 글을 쓰면서 내가 정말 원하는 게 무엇인지 들여다보게 됐다. 나는 모든 곳을 천둥이와 함께 갈 수 있게 되길 원하는 게 아니다. 개에게 적합하지 않은 환경에 굳이 데리고 들어갈 생각도 없고, 정말 부득이한 이유로(위생을 극도로 신경 써야 한다거나, 엄숙해야 하는 곳 등) 개의 출입이 가능하지 않은 곳도 있을 것이다.

다만 내가 원하는 건, 우리 사회의 구성원으로서 최선을 다해 배려받고 있다는 느낌이다. 좀 거칠게 말하자면, 개도 아이라는 관점에서 출발해주길 바라는 마음이다. 요즘 그렇게 반려견을 가족 삼아, 자식 삼아 사는 사람이 얼마나 많은가. 심지어 점점 빠르게 늘어난다. 오늘날 이성애 부부, 그리고 아이로 구성된 가족만을 정상이라 칭하는 건 낡은 생각이 되었다. 그 안에 들어가지 않는 수많은 가족의 형태가 있기 때문이다.

개를 아이처럼 기르게 된 사람의 입장에서, 나는 여기에 덧붙여 인간만으로 이루어진 가족만 가족인 것도 아니라고 이야기하고 싶다. 엄마가 아이를 밖에 혼자 두고 화장실이나 도서관을 다녀올 수 없듯, 나도 천둥이를 혼자 두고 가야 할 때 너무나 불안하고 두렵다. 하지만 입구에 도그파킹 고리라도 있으면 감지덕지, 심한 경우 '애견 락커'가 설치되어 있을 때도 있는 것이(우리 동네 홈플러스 입구에 있다.) 지금의 강아지 엄마가 살아가야 하는 현실이다.

덧. 강아지를 가족으로 여겨 이런 요구를 한다면, 권리를 주장하는 만큼 책임도 져야 한다고 생각한다. 나는 반려동물 보유세에 찬성하며, 필요하다면 시설 입장을 위해 입마개도 채울 의향이 있다. (천둥인 성견이 되어 단 한 번도 실내에서 배변한 적이 없기 때문에 매너벨트까지는 필요하지 않지만, 시설 쪽에서 요구할 수는 있다고 생각한다.)

결국 중요한 건 마음이라고 생각한다. 마음만 있다면, 방법은 얼마든지 상상할 수 있다. 우리 사회는 맑은 눈으로 인간을 바라보는 이 네발 달린 털친구를, 밀어내는 쪽이 아닌 품는 쪽으로 마음을 내고 있는가.

22

내가 널 '이해'할 수 있을까

어느 날, 브랜디 한 잔을 앞에 놓고.

나 : 아빠, 오늘 낮에 이런 일이 있었어요. 나 혼자 코코를 데리고 동네 산책하는데 길 한복판에 고깃국 뼈다귀 같은 게 떨어져 있는 거야. 코코가 큼큼 냄새를 맡는 걸 말렸어야 하는데…. 아차 하는 사이에 입에 왕 물더라고요. 휴… 내가 코코를 안 지가 벌써 일 년 반이 되었잖아요. 그간 주워 먹는 버릇 고쳐보려고 진짜 엄하게 대했단 거, 아빠도 아시죠. 주워 먹는 바로 그 순간에 엄청 혼내고, 엉덩이를 내 손이 아플 정도로 세게 때려도 보고, '앉아' 해서 집중도 시켜보고…. 이

걸 수천 번은 했을 거예요.

근데 오늘도 어김없이 주워 먹는 거죠! 그것도 여간 맛이 있는 게 아니었나 봐요. 이빨을 앙다물고, 세배하는 포즈(!)로 앞발로 방어까지 하면서 입에 문 걸 안 빼앗기려고 기를 쓰는 거 있죠. 나는 나대로 억지로 입을 벌리고 뼈다귀를 빼내려고 애를 쓰고… 한 5분 동안 그러고 있었나, "놔, 코코. 놓으라고."를 한 백 번은 말한 것 같아요. 심지어 날씨가 풀려서 장갑도 안 끼고 있었는데, 어느 순간 코코 이빨에 긁혔는지 손가락에서 피가 나더라고요. 피가 개 침에 번져서 살짝 맺혔는데도 철철 나는 것처럼 보이더라고요. 거의 애원하는 심정이 되었던 것 같아요. 좀 놔라, 코코야, 제발 좀 놔라…. 내가 너한테 화내지 않게 해달라고 비는 심정이었다고나 할까요.

결국 못 빼앗았어요. 내가 힘이 달려서 뒤로 나자빠지니까 코코가 이때다 하면서 씹어 삼키더라고요. 그것도 맛있어 죽겠다는 듯 '오도독오도독' 소리를 내면서! 그 순간 머릿속에서 퓨즈가 끊어지는 느낌이었어요. 약이 오르고, 이놈이 지금 날 말 그대로 '개무시'하나 싶고…. 이성을 잃고 코코 엉덩이를 마구 때렸어요. 손으로 때리다가 내 손바닥이 너무 아프니까 하네스 줄로 '이놈, 이놈!' 하면서 때렸어.

그때 뒤에서 누가 "저기요, 아줌마!" 이러는 거예요. 뭐? 아줌마? 획 돌아봤어요. 어떤 중년 아저씨가 일그러진 얼굴로 "그렇게 개 때리면 동물복지법 위반이에요!" 이러는 거야. 너무 화가 나서 "알지도 못하면서 나서지 마세요. 지금 못 주워 먹게 훈육하고 있는 거예요!" 그랬더니 그 아저씨가 "그게 무슨 훈육이에요, 화풀이하는 거지!"라면서 계속 뭐라고 하길래 "무슨 상관이야, 정말!"이라고 외치고 돌아서 울면서 집에 왔어요. 아, 떠올릴수록 부끄럽다….

아빠 : 무엇이 부끄러워?

나 : 이성을 잃고 화냈다는 사실이 너무 부끄러워요. 그런 경험, 살면서 처음이었거든요. 아이러니이기도 했어요. 평소에 누가 그러고 있으면 누구보다 내가 나서서 말릴 건데, 내가 그런 이야길 듣고 있단 게! 사실 말이죠, 그 아저씨 말이 맞다고 생각해요. 내 화에 못 이겨서 코코한테 화풀이한 거죠. 그런데 만약 그 아저씨가 "저기, 개가 뭘 그렇게 잘못했는지는 몰라도 다들 보고 있는데 그만하시지요." 하고 점잖

게 말했으면 내가 거기서 정신을 차렸을 수도 있는데(웃음). 그 아저씨도 화가 잔뜩 난 채로 동물복지법 운운하는 걸 들으니 코웃음만 났던 거예요. 저 사람이 내가 평소에 코코하고 지내온 시간, 쌓아온 커뮤니케이션을 알기나 하나 싶은 괘씸한 생각만 들고.

(코코오빠를 바라보며) 코코와 같이 살기 시작하면서 코코를 훈육할 책임과 권리가 나한테도 있다고 생각했던 것 같아. 자기가 별로 엄하게 안 하는 것 같아서 더 오기가 생겼어. 자긴 코코가 주워 먹으면 입 벌려서 빼낼 수 있으면 빼내고, 안 되면 그냥 '에이, 먹어라' 그러고 말잖아. 별로 혼내질 않지. 그러니까 코코가 '아, 주워 먹어도 되나 보다. 몇 대 맞고 말지 뭐.' 하고 생각하는 게 아닐까? 천둥인 어렸을 때 몇 번 주워 먹다가 아빠한테 눈물이 쏙 빠질 정도로 호되게 혼나고 나서는 이젠 거의 안 주워 먹잖아.

아빠 : 그런데 코코오빠는 왜 코코를 훈육하질 않니? 안 고쳐지면 입마개라도 하는 게 좋지 않을까? 누구도 아닌 코코를 위해서 말이야.

코코오빠 : 그 부분 정말 많이 고민했어요. 훈육도 해 봤죠. 훈육하기 전에 공부도 많이 했고요. 그런데 한참 이것저것 찾아보다가 이런 이야길 들었어요. 당신은 개의 개다움을 인정해주고 있냐는…. 생각해보니 아닌 거예요. 개가 '반려견'이 되면서부터 우린 개한테 사람 기준에 맞춰서 살라고 하잖아요. 그런데 생각해보세요. 원래 개는 땅에 떨어진 걸 주워 먹으며 살아온 동물이에요. 코코는 본능에 따라 행동하는 것뿐인데 사람이 싫다고 그 행동을 막는 게 맞을까? 어쩌면 난 내 방식대로만 생각하고 있는 게 아닐까, 싶은 생각이 들더라고요.

더군다나 코코는 래브라도 리트리버예요. 리트리버는 사람이 원하는 대로 '만들어진' 개거든요. 좀 더 순하고 교육시키기 좋게, 대신 먹을 걸 강력하게 원하게끔 교배됐어요. 간식을 보상으로 주면서 특정 행동을 훈련시키기가 쉽지만, 먹을 거에 대한 집착이 엄청나죠. 오죽하면 리트리버의 식탐에 대해 쓴 논문까지 있을 정도에요. 그 논문에서 말하길, 리트리버는 DNA에 문제가 있다는 거예요. 먹을 것에 대한 욕망이 제어가 안 되는 문제가요.

이런 개를 '사람이 원해서' 만들어 놓고 이젠 못 주워 먹게끔 입마개를 채우는 게, 그 행복한 산책 시간에 냄새 맡는 것도, 물 마시는 것도, 혀를 빼물고 헥헥대는 것도 어렵게 만들어 놓는 게 과연 맞는 걸까… 그런 생각이 들었어요. 한번 그런 눈으로 보기 시작하면 냄새 맡는 것도 곱게 안 보여요. 냄새 맡다가 덥석 물 수도 있으니까요. 산책 나가서 조금만 뭐가 아닌 것 같으면 다 뜯어말리고, 안 좋으니까 먹지 마, 무조건 안 돼, 다 안 돼… 한동안 그렇게 산책했어요. 코코가 두어 살 됐을 때였는데요, 뭐가 맞는지 모르겠고, 나중엔 생각이 너무 많아지고. 그래서 산책이 두려워지기까지 하더라고요. 하지만 그 와중에도 이렇게 하면 얘가 행복할까? 같이 행복하게 살자고 데려왔는데, 나랑 사는 의미가 있을까? 하는 생각이 들었어요. 그냥 얘가 이렇게 태어났으니까 내가 받아들여야 하는 게 아닌가 하고요.

아빠 : 흠… 그 말을 들으니 좀 너그러워져야 되겠단 생각이 들긴 하네.

코코오빠 : 100퍼센트 확신할 순 없지만, 코코가 '못 먹을 건 안 먹을 것이다'란 믿음도 있어요. 깨끗한 물과 신선한 사

료를 먹이면서 기른 개는 정말 못 먹을 건 안 먹는다고 하더라고요. 정말 그렇다고 생각했던 게, 여름철에 음식물이 땅에 떨어져 있는데 먹을 수 있어 보이는데도 코코가 냄새를 맡고 안 먹더라고요. 그래서 '야, 너도 죽기는 싫구나. 혹시 먹더라도 먹고 좋아질 것과 나빠질 건 구분해서 먹는구나' 싶은 생각이 들었어요.

그리고 혹시라도 소화 못 시키는 것들은 다 토하더라고요. 토할 줄 모르면 정말 큰일이지만, 코코는 토할 줄 알아요. 어렸을 때 양파가 든(개에게 양파의 특정 성분은 치명적이다.) 음식물쓰레기를 먹은 적이 있었어요. 그렇게 못 먹게 했는데도 먹은 거죠. 너무 안타깝고 화가 나서 '죽이 되든 밥이 되든 너 맘대로 해!' 그랬는데 저녁에 다 게워내더라고요. 게워낸 걸 냄새 맡더니 안 먹고요. 그 뒤론 음식물쓰레기 냄새를 맡더라도 아무거나 먹으려고 하진 않고 가려서 먹으려고 하더라고요. 그래서 코코가 어느 정도는 알아서 하겠지, 하는 생각이 들어요. 그렇다고 절대 마음을 놓는 건 아니에요. 땅에 과자가 떨어져 있다면, 먹어도 죽진 않겠지만 너무 많이 먹진 않게끔 내가 막아줘야겠다고 생각하는 식이죠. 어쨌든 전 코코의 하나뿐인 보호자니까요.

정리하면, 제가 제어할 수 있는 부분은 적극적으로 하겠지만 안 되는 건 어쩔 수 없다, 받아들이자는 생각이에요. 제 생각이 100퍼센트 맞다고 자신 있게 말하진 못하겠어요. 다만 코코는 다섯 살이 된 지금까지 주워 먹고 탈이 난 적은 없어요.

나 : 코코오빠와 코코에게 저렇게까지 히스토리가 있는 줄은 몰랐네요. 어쨌거나 전 정말 심란했어요. 천둥일 기르면서는 느끼지 못했던 감정이에요. 코코에 비하니 천둥인 정말 '사람 같은' 개였더라고요. 보호자가 싫어하는 행동은 딱 눈치를 보면서 안 하거든요. 근데 코코는 천둥이보다 더 '개'인 거예요. 수천 번을 말해도 저 애에게 내 마음이 가닿지도 않고, 바뀔 가능성도 없는 이런 상황을 보면서 뭐랄까, 절망적이기도 하고 화가 났어요. 무엇보다 우리가 말도 통하지 않는 '다른 종'이란 게 갑자기 너무 절실하게 와닿았다고 할까요. 영원히 건널 수 없는 이종(異種)간의 깊은 강이 코코와 나 사이에 놓여 있단 걸 깨달은 느낌? 이것이 바로 앞으로 내가 이 아이를 기르면서 영원히 감당해야 하는 무게구나, 하고 깨달으니 처음으로 숨이 턱 막히는 느낌이었어요.

하지만 이해할 수 없다는 것에 있어서, 본질적으로는 사람이라고 다를까 하는 생각도 들긴 해요. 내 배로 낳은 인간 아이라도 내가 다 이해할 수 없는 부분이 있을 거잖아요. "엄마는 날 다 이해할 수 없어!" 하고 내가 우리 엄마에게 너무나 당연히 내뱉듯이요…. 극단적으로는 《나는 가해자의 엄마입니다》(반비) 같은 책을 보면 정말 절절하지요.

한편으론 이런 생각도 들어요. 《나는 반려동물과 산다》(다산에듀)란 책에 이런 문장이 나오는데요.

> 반려동물이란 명칭은 여전히 동물성을 부정해야만 인간의 품에서 살아남을 수 있는 이들의 태생적 조건과 운명을 매끄러운 베일로 가려버린다.
>
> 《나는 반려동물과 산다》, 233쪽

이 문장이 나오는 짧은 글의 제목이 '반려 뒤에 숨은 욕망과 차별'이에요. 요즘은 '애완동물'이란 표현이 적절하지 않음을 깨닫고 많이들 '반려동물'이라고 바꿔 부르죠. 김코코, 김천둥처럼 자기 성도 붙여주고 가족처럼 살지만, 생각해 보면 함께 살기 위해 우리는 반려동물에게 동물성을 죽이길 요구해요. 동물성을 잘 억누를수록 좋은 개라고 생각하지요. 본능을 억제하고 말을 잘 듣는 개일수록 — 먹을 걸 봐도 주워 먹지 않고, 고양이를 봐도 흥분하며 쫓아가지 않고, 택배기사가 벨을 눌러도 짖지 않아야지만 — 보호자에게 사랑받을 수 있는 거예요. 이때 복종과 통제의 욕망이 내 안에서 은근히 싹을 틔우죠. 《우리의 불행은 당연하지 않습니다》(해냄)의 저자 김누리 교수님이 말한 '내 안에 남은 파시즘의 잔재'가 바로 그런 게 아닐까 싶다고, 예전에 아빠가 말했었잖아요.

아빠 : 그랬지. 그런데 이야길 듣다 보니 누군가를 '이해'한다는 게 무엇인지 묻고 싶네. 지금 이런 이야기의 결론은 결국 '내가 잘하고 있는 건지 아닌지 나도 모른다'는 거잖아. 코코를 위해서 하는 행동이, 진짜 코코를 위하는 건지 모른다는 거잖아. 이런 상황에서 누군가를 '이해'한다는 건 뭘까? 모르는 채로, 그저 내가 좋다고 생각하는 방식대로 끌고 가는 게, 그게 이해일까?

코코오빠 : 그건 아닌데, 대부분 그렇게 사는 것 같아요.

나 : 이해받는 상대가 이해받았다고 느끼지 않으면 이해가 아닌 것 같아요. '난 널 이해해'라고 했는데 상대가 '니가 날 뭘 이해해'라고 한다면 전혀 가닿지 않은, '그 사람만의 이해'인 거죠. 이해하고자 한다는 건 그 존재를 위하려는 마음이 있는 거고, 그렇다면 그 존재가 그렇게 진짜 느끼고 만족할 수 있어야 이해가 성립할 수 있는 거 아닐까요?

아빠 : 음. 내 생각에 이해란 건 이렇게 정리할 수 있을 것 같아. '그럴 수도 있구나' 하고 받아들여 주는 것. 이해(理解)의 한자어를 풀이해 보면 '이치를 안다'잖아. 왜 그렇게 되는지, 그 이치를 안다는 건데 우린 근본적으로 서로를 다 알 수 없어. 우린 상대를 이해할 수 없는 존재들이야. 부부 간에도, 부모 자식 간에도 이해를 못 해. 못 하는 게 '정상'이야. 자, 그렇다면 어떻게 하느냐? 그럼에도 어떻게 이해할 수 있느냐 하면 '그럴 수 있겠다'고 생각하는 거야. 네 입장에선 그럴 수 있겠다고 그냥 받아들여 주는 거, 그게 이해가 아닐까.

코코오빠 : 다른 건 몰라도, 개에 대해서만큼은 사랑하고 공부하는 만큼 이해의 폭이 더 넓어지는 것 같긴 해요. 저도

코코를 키우면서 처음엔 도저히 이해가 안 되더라고요. 왜 저러지, 왜 저렇게 살지… 이런 생각이 정말 많이 들었는데, 관심 갖고 공부하면 할수록, 알고 교감할수록 완벽히는 안 되더라도 더 많은 부분이 이해되더라고요. 물론 그 바탕은, 그 존재를 사랑하는 마음이에요.

나 : 근데 전 좀 혼란스러워요. '넌 그럴 수 있겠다' 하고 넘어가는 거, 전 그게 코코를 '포기하는 게' 아닌가 싶거든요. 그래도 되는 걸까요? 계속 노력하면 언젠가는 코코도 바뀌지 않을까 하는 기대가 내 안에 있는 것 같아요. 그럼 포기하지 않고 계속 바꾸려고 노력해야 하는 거 아닐까요?

아빠 : 아니지, 그건 포기가 아니야. 코코오빠가 코코가 뭘 주워 먹었을 때 '그래, 먹고 싶으면 다 먹어. 죽든지 말든지 네가 알아서 해.' 이러지 않잖아? 걱정하잖아. 좀 덜 먹게 하고 싶고, 그리고 지켜보잖아. 뭘 삼키려고 하면 못 먹게 빼앗을 거잖아, 뺏으려고 노력할 거잖아. 그럼에도 '완전히 그만두게 할 순 없단' 걸 인정하는 거지. 이게 바로 이해야.

코코오빠 : 코코한테 화내는 저 자신이 바보 같다는 생각도 한 적 있어요. 저도 모모 같을 때가 있었어요. 코코랑 저랑 둘이 살기도 하고, 저 애를 교정해줄 사람이 저밖에 없다 싶으니까 어떻게든 고쳐보려고 제 발로 심하게 걷어차 보기도 했어요. 너무 화가 나니까 제 자신이 제어가 안 되더라고요. 어렸을 때 한번은 코코가 흙이 잔뜩 묻은 찰밥을 주워 먹어서, 이 바보 같은 게 왜 이런 걸 먹지, 싶어서 막 잡아끌면서 심하게 대했어요. 근데 코코가 잔뜩 겁에 질려서 집에 안 들어가려고 하더라고요. 니 마음대로 해, 하면서 화를 내고 혼자 집에 들어와버렸어요. 그런데도 안 들어오는 거예요. 10분이나 기다렸는데도 안 오길래 내려가 보니까 제가 줄을 팽개쳤던 그 상태 그대로 얼음처럼 얼어있더라고요. 이 작은 강아지가… 눈물이 와락 났어요. 내 자신이 무서워지더라고요.

생각해보니 내가 너무 바보 같은 거예요. 멀리서 보면 이런 모습 아니겠어요? 바위에 대고 혼자 굴러가라, 굴러가라 하는데 바위가 안 굴러가니까 길길이 날뛰다가, 또 미안해하다가, 눈물을 흘리다가 또 화내는…. 왜 내가 이러고 있지, 안 굴러가는 애한테 굴러가라고 하는 게 무슨 의미가 있지. 그래, 그냥 굴러가지 마. 대신 내가 굴러가게끔 한번 밀어볼게, 잘 안 굴러가면? 괜찮아. 내일 또 굴려볼게. 안 굴러가면? 그래도 괜찮아. 모레 또 굴려볼게. 이런 생각에 이른 거예요. 코코는 똑같은데, 그냥 저렇게 있는데, 내가 어떻게 보느냐가 정말 중요하더라고요. '이렇게' 생겼으니까 '이렇게' 보면 되는데, 내 생각이 조금이라도 들어가면 달라 보이잖아요.

하지만 이런 생각을 모모한테 설득하려 하진 않았어요. 저랑 생각이 다르기도 하고, 제가 겪은 것들을 어쩌면 모모도 겪는 과정이지 않을까 하고 생각했거든요. 오늘 모모가 코코를 끌고 울면서 현관을 들어서는데, 속으론 '올 게 왔구나' 싶더라고요. 제가 겪었던 걸 모모가 이제 겪고 있단 걸 알았죠. 한편으론 무관심하지 않고 저렇게 마음을 다해 자기 강아지처럼 대해주는 게 고맙기도 했고, 미안하기도 했고, 강아지랑 길에서 그렇게 다투다가 울면서 들어오는 게 어린 아이 같아서 귀엽기도 했고요.

아빠 : 하하, 코코가 모모에게 '이해'의 의미를 알려주는 최고의 선생이다.

23

천둥이가 만난 개들

어떤 만남 1. 보더콜리 복실이

볕 좋은 어느 봄날 오후, 한강변을 산책하다가 회색, 흰색, 검은색 털이 조화롭게 섞인 보더콜리를 만났다. 중년의 아저씨가 줄을 잡고 있었다. 천둥이와 보더콜리는 서로의 냄새를 킁킁, 맡더니 이내 엉덩이를 치켜들고 납작 엎드려 꼬리를 살래살래 흔들었다. 눈이 맞은 것이다.

'야, 놀자!'

보더콜리는 지능이 굉장히 높고, 본래 양을 몰던 종이라 운동량도 어마어마하다고들 한다. 보호자가 원반이나 공을 던지며 놀아주기만을 기다리고 다른 개에겐 관심도 잘 주지 않을뿐더러 뒹굴며 노는 건 더욱이나 드문데, 이 보더콜리는 천둥이와 뒤엉켜 몸싸움도 하고, 누가 더 빠르나 달리기도 하고 장난도 치는 것이 아주 성격이 좋아 보였다. 중년의 아저씬 낯선 여성과 이야기하는 것이 쑥스러운지 시선은 계속 먼 산으로 향해 있었지만, 말을 걸었더니 사람과의 대화가 고팠다는 듯 조근조근 이야길 들려주셨다. 퉁명스러운 말투, 하지만 어딘지 모르게 따뜻한 느낌이었다. 아저씨가 들려주는 보더콜리 사정이 참 특별했다. 사실 진짜 보호자는 따로 있다고 했다.

"이 애가 사실 저 한강 초입의 고깃집 개거든요. (아, 가게 앞에 묶여 있는 그 개요?) 네, 그 개요. 가게 주인이 제 친군데 원래 이 애 보호자예요. 장사하느라고 산책을 잘 못 가니까 제가 대신 데리고 다니는 거예요. 저도 근처 사는데, 시간이 비교적 자유롭거든요. 얘 데리고 수시로 나와요. 아침에도 나오고 저녁에도 나오고 새벽에도 나오고…. 모르긴 해도 다 합치면 하루에 한 네다섯 시간은 산책할 거예요. (하긴, 보더콜리 활동량이 엄청나다고 들었어요. 그 정도 안 해주면 아마 욕구불만으로 미쳐버리겠죠.) 맞아요, 저도 보더콜리를 예전에 길러서 잘 알죠. 두 마리를 잘 기르고 하늘나라로 보냈어요.

그 뒤로 개 다시 안 길러야지, 했는데 얘가 눈에 밟히는 거예요. 내가 보더콜리를 아니까…. 그 뒤로 줄곧 제가 산책시켰죠. 사람들은 제가 보호자인 줄 알기도 해요. (하하, 개들에겐 산책 제일 많이 해주는 사람이 보호자라던데요!)

근데 가게 앞에 묶어두니까 사정을 모르는 사람들이 지나가면서 개 학대한다고 민원을 넣는 거예요. 요 근방 사는 사람들은 얘가 산책 엄청 많이 한다는 거 다 아는데, 꼭 모르는 사람들이 그래요. 뭐, 개 위하는 마음에 그러는 거니까 그러려니 해요. 어떨 땐 단골손님들이 나서서 대신 말해준다니까요."

헉, 나도 그 가게 앞을 지나다니며 강아지 학대한다고 혀를 찼던 기억이 있었다. 아니, 산책 많이 한다고 좀 써 붙여두시지 그랬어요…. 그런데 왜 집에 안 두고 개를 가게 앞에 두는지 궁금해졌다.

"친구가 가게 뒤 다세대빌라에 사는데, 집 안에 개를 둘 수 없는 사정이 있어서 1층 주차장 구석에 집을 마련해줬거든요. 얘를 거기 둔다는 이유로 이웃들한테 다 양해 구하고, 그 빌라 수도세랑 청소비도 다 친구가 내요. 말 안 나오게 하려고 얼마나 잘 하는지 몰라요. 근데도 거기 두 명인가, 아주 수시로 민원을 넣는 사람이 있어요. 그 사람들 달래려고 애를 썼지만 쉽진 않더라고요. 어쩔 수 없이 가게 앞에 묶어뒀어요. 아무래도 주차장에 두면 복실이가 지나가는 고양일 보고 짖어대기도 하니까요. 가게 앞에 두면 지나가는 사람들이랑 강아지 구경도 할 수 있고…. 근데 또 가게 앞에 두면 개 입장에서 곤욕이긴 하겠더라고요. 술 취한 사람들이 막 때리는 기예요. 예쁘다고 쓰다듬는 거지만 개 입장에선 얼굴을 때리는 것 같겠죠. 손길이 워낙 거치니까…. 단골손님들이 장난감 갖고 놀아줘서 시간 보내긴 좋지만, 또 묶여 있을 땐 지나가는 개들한테 짖고…. 그래서 제가 이렇게 수시로 데리고 나와서 산책시키고, 주말엔 또 시골 데리고 가서 뛰게 해요. 거기 다른 보더콜리들이 있거든요."

어떤 만남 2. 리트리버믹스 마리

자영업자 보호자를 둔 복실이 이야길 들으니 또 다른 고깃집 개인 '마리'가 생각났다. 마리도 근처 고깃집 사장님이 데려온 어린 리트리버였다. 물주머니처럼 빵빵하게 부푼 배를 드러내고 누가 지나가는 줄도 모르고 새근새근 잠을 자던 어린 마리는 몇 개월 만에 성견이 되었다. 뒷발로 일어서면 사장님이 고깃집 현관에 마련해준 케이지(개집을 놓고 주위를 철장으로 둘렀다. 가로세로가 1.5미터 정도 된다.)에 앞발을 턱 걸치고 내다볼 수 있을 정도로 컸다. 마리는 그래도 운이 좋다. 사장님이 자전거로 동네를 돌며 수시로 산책시키고, 단골손님들도 마리의 산책 도우미가 되어주기 때문이다. 우리가 자주 지나다니는 길목에 가게가 있어 지나갈 때마다 마리의 안부를 묻는데, 대체로 케이지에 들어가서 얌전히 잘 자는 모습을 보며 산책량이 부족하진 않은가 보다, 하고 안심한다. 복실이도, 마리도, 만약 산책량이 부족하면 불만이 쌓여 어떤 문제행동을 보여도 보였을 것이란 걸, 똑같이 개를 기르는 우리는 알기 때문이다.

복실이와 마리 이야기에서 알 수 있는 건, 하루 온전히 개를 돌보는 데는 적어도 성인 두 명 이상의 품이 들어간다는 사실이다. 품은 애정이고, 관심이고, 무엇보다 시간이다. 대한민국에서 자영업을 하든 회사를 다니든, 생활인으로 살아가는 건 그 자체로도 굉장히 치이는 일이다. 일하며 동시에 어린아이를 돌보는 게 거의 불가능해 (주로 엄마들은) 일을 그만두고 생의 일정 부분을 전업 돌봄에 쓴다. 여전히! 개도 마찬가지다. 인간 아이를 시설(어린이집이나 유치원)에 보내는 것처럼, 개도 돌봐줄 손이 필요하다. 일을 해야 하는데 주변에 돌봐줄 사람이 없어서 강아지 유치원에 보내거나 펫시터를 고용하는 사람들이 늘고 있다. 인간 아이와는 달리 아무런 제도적 지원도 없이, 자비로 모든 걸 감당하면서 말이다. (유치원이나 펫시터 비용은 적지 않다.) 또 유치원에 보내고 싶다고, 펫시터에게 맡기고 싶다고 해서 선뜻 그럴 수 있는 것도 아니다. 개가 유치원이란 (낯선 개와 낯선 사람이 수시로 드나드는) 공간을 편안해하지 않으면 못 보낼 테고, 전문성을 갖추고 책임감 있게 내 개를 대해줄 펫시터를 구하는 것 또한 생각보다 쉽지 않은 일이다. 낯선 사람만 보면 잔뜩 경계하는 개라면 더더욱 맡기기는 요원한 일일 테고 말이다.

너도 나랑 같이 출근하고 싶을까

나도 새로운 직장을 알아보는 중이라 고민이 많다. 천둥일 데려갈 수 있는 직장 몇 군데로 면접을 봤다. '반려견 동반 출근'이라는 문구만으론 알 수 없는, 눈으로 직접 봐야만 알 수 있는 문화가 있었다. A회사의 2차 면접에 천둥일 데리고 들어갔더니, 사실 사내 규정엔 '소형견'만 동반 출근 가능하다고 되어 있긴 하단다. 대형견을 데리고 온 케이스는 없다는 것이었다. 그래도 면접 내내 발밑에서 얌전히 엎드려 자는 천둥이를 보며 다들 이 정도면 전혀 문제없겠다고 했는데, 문제는 기존에 출근하던 푸들 댕사원이었다. 천둥일 보자마자 그 작은 개는 엄청나게 짖어댔고, 천둥인 시끄러운지 난감한 표정을 하며 내 뒤로 숨어버렸다. 회사 유일의 댕사원이었던 작은 푸들은 좀체 진정되질 않았다. 아마 천둥일 자기 영역의 침입자라고(그것도 덩치가 매우 커서 무서운) 생각하는 것일지도 몰랐다. 그 때문인지 뭔지 모르겠지만, 결국 그 회사와는 인연이 닿지 않았다.

B회사는 대형견도 괜찮다고 하긴 했지만, 개가 '직장견'으로 거듭나는 건 또 다른 문제라고 했다. 우리 사회는 아직까지 주 5일, 하루 여덟 시간을 일반적인 노동 시간으로 채택하고 있다. 인간은 그러려니 하고 견디지만, 개들이 견디기엔 너무나 긴 시간이다. 회사는 회사니까 근무 시간에 놀아줄 순 없다. 개는 케이지에 들어가 자야 한다. 생각해보면 이런 패턴이다. 9시, 보호자와 같이 출근한다. 12시 점심시간까지 3시간은 자야한다. 보호자는 후딱 점심을 먹고 짧은 산책을 시키거나 놀아준다. 6시 퇴근까지 또 5시간을 잔다. 중간중간 자유롭게 돌아다닐 수 있는지 어떤지 모르겠지만, 적어도

내가 그 회사에 면접을 보느라고 머물렀던 오후의 3시간 동안 댕사원 네 마리는 꼬리털 하나도 구경할 수 없었다. 다 자고 있었던 것이다.

물론 회사는 회사다. 동반 출근을 하더라도 업무에 지장이 없어야 한다는 데 120퍼센트 동의한다. 하지만 나는 과연 혈기왕성한 나이의 대형견 천둥일 저런 환경에 두면서까지 데리고 출근해야 하는지 근본적인 고민에 빠졌다. 개들이 아무리 (어떤 환경이라도) 보호자와 함께 있는 걸 가장 좋아한다지만, 저게 과연 '함께 있는' 걸까? 천둥이에게 자유롭고 편안한 분위기를 만들어 줄 수 없다면, 그냥 데리고 출근하지 않는 것이 낫겠다는 결론이었다.

다행히 난 운이 좋다. 친정 엄마의 도움을 받을 수 있는 환경이기 때문이다. 취직하게 되면 어차피 지출할 펫시터 비용을 엄마에게 드리고, 천둥이 돌봄을 부탁드리기로 했다. 아침에 내가 출근하면서 엄마 집에 천둥일 맡기면, 오전엔 엄마가 봐주고 엄마가 출근하는 오후에는 코코오빠가 픽업해 집에 데리고 올 것이다. 저녁을 먹고 조금 놀면서 기다리고 있으면 내가 퇴근한다. 밤에 산책을 길게 나가면 (운동을 시키면), 천둥이의 하루는 얼추 만족스럽게 채워질 것이라는 계산이다.

아이도 아이지만, 개의 돌봄 문제도 복잡한 과제 중 하나다. 단순히 돌봄 기관을 확충해주는 것만으로는 해결되기 어렵다. 보호자가 개와 온전히 시간을 보낼 수 있게끔 사회적 장치가 마련되면 좋겠다. 국가가 왜 개의 행복까지 고민해야 하냐고? 그건 개야말로 '인간이 잊고 사는 행복'을 대변하는 존재이기 때문이다. 더 간단히 말하자면, 개가 행복한 사회라면 인간도 행복하게 살아갈 수 있다.

24

활짝 핀 발에 담긴 사랑

〈캐나다 체크인〉의 토미, 빼꼼, 감자를 생각하며

개를 키우지 않는 사람들도 2022년 말부터 올해 초까지 방영된 〈캐나다 체크인〉을 한 번쯤 들어봤을 것이다. 〈캐나다 체크인〉은 가수 이효리가 캐나다로 입양 보낸 유기견들을 만나러 가는 프로그램이다. 유기견을 구조하고, 또 구조한 아이들을 임시보호하다가 입양까지 보내는 봉사를 10년간 꾸준히 해온 이효리의 따뜻한 마음에 많은 이가 감동했지만, 무엇보다 사람들을 울린 건 따로 있었다. 바로 개들의 인간에 대한 '한결같은' 사랑이다.

정 떼고 길을 떠나다

캐나다로 새 삶을 찾아간 개들은 이름도 바뀌었다. 토미는 달시라는 새 이름을 얻었고, 개농장에서 늘 빼꼼히 고개를 내밀었던 빼꼼이는 노바라는 이름을 얻었다. 냄새도, 언어도, 규칙도 다른 바다 건너 이국에서 적응하며 새로운 삶을 살아가지만, 개들은 자신을 진심으로 사랑했던 이효리를 기억한다. 특히 이효리가 가족으로 입양을 고려했을 만큼 큰 애정을 쏟았던 토미가 이효리를 만났을 때의 행동을 보면서, 나는 붕어눈이 될 만큼 눈물을 쏟지 않을 수 없었다. 꼬리를 살랑이며 낮은 자세로 코부터 파고드는 토미. 이효리와 눈을 맞추고, 그 옛날 그들만이 아는 제스처로, 그들 둘에게 가장 익숙한 자세로 안기고 안아주며 온몸으로 접선하는 그들. 그들을 보며 긴 여행에서 돌아온 날 만났던 천둥이의 모습이 떠올랐다.

아빠가 천둥이를 데려온 2019년 5월, 사실 나는 멀리 여행을 떠나 오랫동안 돌아오지 않을 계획을 세우고 있었다. 부모님도, 친한 친구들도 몰랐던, 혼자만의 계획이었다. 그 무렵 나는 절망과 희망이 혼재된 수렁에 여전히 한 발을 걸쳐놓은 상태였고, 2016년에 이어 다시 한번 긴 여행을 떠나야겠다고 마음을 벼린 지 3년째였다. 천둥이가 우리 집에 왔을 때 이미 나는 80퍼센트 정도 떠날 마음을 먹고 있었고, 마음이 흔들리려 할 때마다 천둥인 아빠의 개지 내 개는 아니라고 속으로 되뇌었다. 교감의 정도가 갈수록 깊어지면서 천둥이를 두고 떠나는 게 너무나 많이 아쉬웠지만, 그때까지만 해도 인생의 방향을 바꿀 정도로 천둥이가 내 안에 큰 자리를 차지하고 있던 건 아니었다.

재회

천둥이가 8개월이 되던 2019년 11월, 나는 결국 남아메리카 페루로 떠났다. 마지막으로 아빠가 살고 있던 강원도 산속 집에 가서 천둥이와 작별 인사를 어떻게 했는지는 기억이 잘 안 난다. 원래 힘들고 어려운 기억은 잘 잊어버리는 편이다. 힘든 기억도 지나면 추억이란 걸 알지만, 아마 너무 힘든 기억은 계속 갖고 있기가 어려워서인 것 같다.

남아메리카부터 시작해 북아메리카, 유럽으로 향하는 여정이었다. 최소 2년, 그러다 혹시 마음이 서면 그냥 그대로 돌아오지 말아야지, 하고 생각하고 갔던 여행이었다. 그간 나름의 방식으로 여행하며 세상은 정말 넓고, 삶의 방식은 정말 다양하고, 우리네 인생은 정말 짧고, 그 짧은 인생을 더 넓은 세상과 좀 더 진하게 관계 맺으며 살아가리라고 생각했다. 하지만 예상치 못한 변수, 코로나19가 터졌다. 나는 밴쿠버에서의 여정을 마지막으로 5개월 만에 한국으로 돌아올 수밖에 없었다.

외국에서 2주, 한국에서 2주. 거의 한 달에 걸친 자가격리를 마치고 천둥이를 다시 만났을 때가 생생하다. 아빠가 날 보겠다고 트럭 화물칸에 천둥이를 태우고 서울 집에 도착한 게 한낮이었다. 5개월 만에 천둥인 부쩍 많이 자라 있었다. 다만 진하게 아이라인을 칠한 듯한 눈매, 원숭이처럼 'M' 자로 짙게 난 이마의 고동색 털은 그대로였다.

아빠가 주차장 한쪽 구석에 주차하는 동안 여전히 무슨 일인지 모르고 트럭에 실려 두리번거리던 천둥이의 눈이 나와 맞았다. 순간 그는… 충격을 받은 듯한 얼굴이 되었다. 트럭에서 뛰어내릴 수 있게끔 아빠가 화물칸 칸막이를 내려주었는데도 그대로 우뚝 서 있었다. 그러다 갑자기 천둥이가 그 자리에서 뱅글뱅글 돌기 시작했다. 몇 바퀴나, 정말 몇 바퀴나 혼이 나간 듯이 돌았다. 조금은 펄쩍펄쩍 뛰었던 것 같기도 하다. 마치 인디언들이 불을 둘러싸고 기쁨에 휩싸여

펄쩍펄쩍 뛰듯. 그리고 자기 발에 오줌 한 방울 묻는 것도 싫어하는 그 아이가 뱅글뱅글 돌며 오줌을 질질 쌌다. 희뇨(강아지가 기뻐서 들뜨거나 흥분해서 싸는 오줌)였다. 아빠, 엄마와 내가 놀라서 "천둥아!" 하고 불렀더니 천둥이가 그제야 퍼뜩, 정신이 들었다는 듯 이쪽으로 고개를 돌리더니 트럭에서 날 듯이 뛰어내렸다. 우리는 한동안 울고, 웃고, 함께 춤을 추었다….

그들의 사랑

그날 내 마음을 울렸던 게 뭔지 아직 모르겠다. 온몸을 던지는 천둥이의 무게였는지, 너무 기뻐서 주체할 수 없다는 듯한 숨소리와 꼬리였는지, 아니면 나에게 박혀 움직이지 않는 그의 눈빛이었는지…. 분명한 건 나에 대한 그의 사랑이, 걷어차고 몇 년을 떠나버릴 만한 성질의 것은 절대 아니었단 사실이었다. 오지 않는 누나를, 천둥인 어떤 마음으로 기다렸을까. 궁금했을까, 실망했을까, 아니면 영문도 모른 채 하염없이 그냥 기다렸을까.

분명한 건 '원망'은 아니란 것이다. 개에게 5개월은 인간의 몇 년. 그 시간 동안 천둥인 굳건히 날 기다렸고, 돌아온 뒤에도 나에 대한 그의 사랑은 변함이 없었다. 아니, 처음부터 변하는 건 오직 인간의 마음인 것을. 개는 변하지 않는다. 〈캐나다 체크인〉의 개들이 그랬듯, 천둥이가 그랬듯, 개의 사랑은 절대적이다.

나는 그 마음에 진심으로 화답하지 않을 수 없었다. 온몸으로 존재를 의탁해오는, 그 마음과 정신과 몸을 모두 기대오는 작은 생물에 나 또한 인생을 걸고 진심으로 응답하지 않을 수 없었다.

그래서,
나는 여행을 포기했다.

아빠로부터 천둥일 내 개로 넘겨받으면서, 나는 기꺼이, 천둥이를 중심으로 컴퍼스처럼 돌아가는 삶을 선택했다. 그게 자기 마음을 아무런 조건 없이 다 나에게 주는 천둥이에 대한, 내 나름의 예의인 것 같다.

활짝 핀 손에 담긴 사랑, 그것밖에 없어요.

보석 장식 하나 없이, 숨기지도 않고, 상처 주지 않으려는 사랑,

누군가 모자 가득 앵초 풀꽃을 담아 당신에게

불쑥 내밀듯이, 아니면 치마 가득 사과를 담아 주듯이,

나는 당신에게 그런 사랑을 드려요. 아이처럼 외치면서요.

"내가 무얼 갖고 있나 좀 보세요! 이게 다 당신 거예요!"

— 에드너 St. 빈센트 밀레이, 《이게 다 당신 거예요!》

비효율적인 존재,
널 사랑해

천둥아,

사랑하는 내 개야.

떠올리면 가슴이 저릿하고 눈물부터 나는 나의 개야. 아버지의 개로 와서, 언제부터인지도 모르게 내 마음을 온통 채워 버린 나의 개야. 떨어져 있으면 미치도록 보고 싶고, 그렇지만 가끔은 놓여나고 싶고, 그러면서도 쏜살같이 지나가는 이 짧은 '함께'가 슬퍼 결국엔 다시 또 네 옆으로 달려오게 만드는 나의 개야.

가끔 널 만나지 않았다면 어떤 삶을 살았을까 생각해 본단다. 아마도 난 인간이라는 틀에 갇혀, 살아온 관성대로 계속 살아갔겠지. 채워지지 않았을 거야. 말을 거는 듯한 네 눈빛에 내 눈빛을 포개고, 포근한 털과 아름답고 강인한 네 몸을 쓰다듬으며 나는 비로소 세상을 견딜 수 있는 작은 피난처를 찾은 느낌이었어.

너랑 나서는 모든 길은 작은 여행이 돼. 익숙한 동네 골목도, 가게도, 누군가와 만나 이야기하는 시간 모두 여행이 되지. 빛과 어둠, 오전과 오후와 밤, 계절의 순환, 날씨의 변화, 생명의 피고 짐이 너로 인해 뚜렷하게 다가와. 잊고 살기 쉬운 것…. 어느 날, 너는 흙에 코를 박고는 아주 큰 숨을 들이쉬었지. 코로 마신 봄기운을 동그랗게 만 척추를 거쳐 꼬리 끝까지 받아들이려는 듯이. 그런 널 보면서 나도 겨울이 정말 끝났단 걸 비로소 실감할 수 있었단다.

천둥아, 네 모습을 기억하고 싶어서 적어 본다.

현관문을 열고 들어서면
양말과 옷가지, 발수건 등을
있는 대로 입에 한껏 물고 와서
불룩해진 볼로 힘껏 꼬리를 흔들며 반기는 너.
촉촉한 코를 들이밀며

품속으로 마구잡이로 파고드는 너.

옆에 눕고 싶다고 몸을 바짝 붙여오는 너.

산책하다가 마음에 들지 않으면

귀를 젖히고 엉덩이가 돌이 되어 고집부리는 너.

달래다 달래다 눈을 부라리면 언제 그랬냐는 듯

또 꼬리를 흔들며 해맑게 앞장서는 너.

평소엔 스핑크스처럼 근엄하지만

누구보다 장난을 좋아하는 너.

신호등 앞에선 내 신발을 깔고 앉아

얌전히 기다리는 너.

내가 울거나 우울해하면

가만히 다가와 등부터 붙이는 너.

자전거 속도에 맞춰 당당하게 네발을 놀리는,

온갖 냄새의 유혹보다

나와 발맞춰 달리는 게 더 좋은 너.

누군가와 대화를 시작하면

얌전히 발아래 엎드려 기다려주는 너.

이런 네 모습을 난 아주 오랫동안 기억할 거야.

천둥아, 인간도 살아남기 어려운 이 팍팍한 현실에서 개를 기른다는 건 우스운 일일지 모르겠다. 파이어족으로 조기 은퇴하겠다고 목표를 세우고 '애·차·개' 3종 세트를 멀리하겠다는 젊은 사람들도 있더라. 그래, '계산하는' 사람이라면 개를 기르지 않을 거야.

사랑하는 비효율의 존재야. 네가 필요로 하는 건 오로지 사랑, 함께 시간을 나누는 것. 비상식적으로 아름다운 넌 비상식적으로 소중한 가치를 먹고 살지. 그리고 넌 나보다 먼저 죽겠지. 4년밖에 안 살았지만 이미 생의 약 삼분의 일을 살아버린 존재. 너의 시간은 내가 상상할 수 없이 빠르게 흐르는구나.

넌 언제나 내게 지금을 살라고 말하지. 삶이란 걸 왜 사냐고 질문하지. 내가 세계를 여행하며 찾아냈던 '소중한 가치'들을 넌 고스란히 품고 있었어. 다정함, 단호함, 스스로를 아끼는 태도, 몸에 대한 감각, 고요함, 대지와의 연결을…. 네 손을 잡고 나는, 자꾸만 선택을 내리게 돼. 다들 그래야 한다고 이야기하는 것과는 다른 선택을. 함께하는 동안 넌 나를 또 어디로 데려갈까.

보드라운 털을 가진 사랑둥이야.

나만을 바라보는 사랑둥이야.

널 사랑할 수 있어

내 삶은 무지개빛으로 환히 빛났단다.

내 옆에 와줘서 정말 고마워.

비효율적인 존재야,

나는 널 정말 사랑한단다.

여행을 멈추었지만 새롭게 행복한 누나가